AF636536

Sagen und Geschichten aus dem Wendland

© Marc Dietenmeier

Die Autorin

Am 12. April 1944 erblickte ich das Licht der Welt in Lüchow/ Wendland. Schon vor dem Besuch der Volksschule in Lüchow konnte ich lesen und schreiben; zu dieser Zeit hörte ich den Alten aufmerksam zu, wenn diese ihre Geschichten und Sagen erzählten und schrieb das Gehörte auf.

Mein Abitur absolvierte ich in Göttingen, wo ich anschließend Lehramt, Theologie, Musik und Volkskunde studierte. Meine erste Arbeit war die Geschichte des Hannoverschen Wendlandes mit Sagen und Volksbräuchen.

Seit über 40 Jahren bin ich Leiterin der Stadtarchive, erst in Dannenberg und dann bis heute in Lüchow.

Angeregt durch meine Mutter und meine Großmutter wurde mir schon als Kind die Liebe zum wendischen Volkstanz in die Wiege gelegt. Seit 1976 leite und trainiere ich die Wendländische Volks- und Trachtengruppe »De Öwerpetters« (Übertreter). Wir treten in der Tracht des Wendlandes aus der Zeit von ca. 1850 auf. Mit Lifemusik, Tanz und Gesang pflegt die Gruppe das wendländische Brauchtum, das tief im slawischen Kulturgut wurzelt. Aus mündlichen Überlieferungen, Sagen, alten Schriften und Noten beziehe ich unser Repertoire mit dem »De Öwerpetters« nicht nur in Deutschland, sondern auch bei vielen Fernsehauftritten und im Ausland in Kanada, Italien, Frankreich, Spanien, Schweden, Holland, Dänemark, Prag und Litauen auftraten und auftreten.

Undine Stiwich

Sagen und Geschichten aus dem Wendland

Edition Falkenberg

Titelzeichnung: Peter Fischer, Winkeldorf
Karte S. 13: Linda Falkenberg

1. Auflage 2022

Copyright © Edition Falkenberg, Bremen
Die Texte Großvater vom Kachelofen, Die schwarze Katze, Rettung in letzter Sekunde veröffentlichen wir mit freundlicher Genehmigung von Dr. Saade, Köhring Verlag/Elbe-Jeetzel-Zeitung.

ISBN 978-3-95494-287-9
www.edition-falkenberg.de

Alle Rechte vorbehalten. Kein Teil des Werkes darf in irgendeiner Form (durch Fotografie, Mikrofilm oder irgendein anderes Verfahren) ohne schriftliche Erlaubnis des Verlages reproduziert oder unter Verwendung elektronischer Systeme verarbeitet, vervielfältigt oder verbreitet werden.

Inhalt

Spuk, Geister und Gespenster

Jahreszeiten

Bräuche

In Erinnerung

Dieses Buch widme ich meiner Großmutter Frau Emilie Wiegrefe und meiner Mutter Frau Herta Krumpa (genannt Tante Herta).

Sie vererbten mir ihre Liebe und Verbundenheit zum Hannoverschen Wendland und inspirierten mich zu diesem Buch.

Zum Geleit

Abenteuerliche Geschichten auf dem Weg durch das Wendland

Jede Region verfügt über mündlich überlieferte Erzählungen, die über die Vergangenheit berichten. Sie sollen besondere Ereignisse oder Naturerscheinungen für die Nachwelt anschaulich erklären. Anders als bei den Märchen ist also nicht alles frei erfunden. Und um diese Geschichten spannend zu gestalten, werden die Inhalte oft fantastisch, gruselig und über die Realität hinaus dargestellt und wundersame Wesen wirken mit übernatürlichen Kräften.

Die Sagen leben davon, dass sie nicht nur erzählt sondern auch aufgeschrieben und an die nächsten Generationen übermittelt werden.

Undine Stiwich ist eine große Erzählerin und Vermittlerin dieser überlieferten Geschichten. In diesem Buch hat sie viele der örtlichen Sagen aus ganz verschiedenen Bereichen mit viel Engagement zusammengetragen und somit auch für zukünftige Generationen erhalten.

Glück und Leid, Freude und Trauer, Belohnung und Rache, Gut und Böse, Sieg und Niederlage sind leicht verständliche und für alle eingängige und nachfühlbare Themen, die Sie in den Geschichten wiederfinden. Übernatürliche Kräfte wirken und verleihen mystische Stimmung.

Ein herzlicher Dank Dir, Undine, für die Fleißarbeit des Zusammentragens der vielen Erzählungen auch aus Deinem familiären Umfeld und für die Zusammenstellung mit den vielen Facetten und unterschiedlichen Darstellungen.

Lassen Sie sich verzaubern, tauchen Sie ein in die gruseligen und schönen Geschichten des Wendlandes beim Lesen oder Weitererzählen.

Herzlichst
Dagmar Schulz
Landrätin des Landkreises
Lüchow-Dannenberg

Warum dieses Buch?

Wer das Glück hatte, seine Großeltern kennenzulernen, trägt ein gutes Stück Erinnerung mit sich. Ich denke oft an die zahlreichen Spaziergänge durch den Wald, das Kartoffelauskriegen auf dem Acker und das Kühetreiben von der Weide nach Hause. Und immer erzählten sie dabei etwas über die guten und bösen Geister. Doch schön war es immer, wenn sie uns Kindern Geschichten erzählten, und uns damit das Wendland näherbrachte. Die Gebräuche und Sitten haben mich immer fasziniert. Ob es der Helljäger war, der in den Tagen zwischen Weihnachten und Neujahr durch die Luft brauste, der Droak, der im Uhlenloch lebte, und der Düwwelsüger (der wendländische Vampir), der sich selbst aussaugte und alle Familienmitglieder in den Tod holte.

Die Wenden glaubten an ihre Götter. Billebog war der weiße Gott, der für das Gute zuständig war. Tschernebog, der schwarze Gott, lenkte das Böse und brachte Verderben und Unheil. Snatowit entschied über Sieg und Niederlage in den zahlreichen Kriegen. Die Wenden glaubten aber auch an Todesgeister, Wasserfrauen, Zwerge (Unnererdsche oder auch Lütkis), Wald-, Erd- und Luftgeister.

Das Wendland

Das Wendland, das Hannoversche Wendland, liegt im Südosten von Niedersachsen und ist etwa siebzig Kilometer von Lüneburg entfernt. Diese Region bietet viele naturbelassende Gebiete wie die Nemitzer Heide oder die Elbtalaue. Es gibt Erhöhungen wie den Drawehn, unberührte Wälder mit einer großen Anzahl dort lebender Tiere sowie viele Gewässer, Kanäle, Gräben und Seen. Geprägt ist das Wendland durch die polabische (Sprache der westslawischen Stämme) Kultur. Die Ursprache des Wendlandes, das Drawänopolabisch, ist seit 1758 ausgestorben.

Typisch für das Wendland sind die zahlreichen Rundlinge. Diese Siedlungsform ist noch

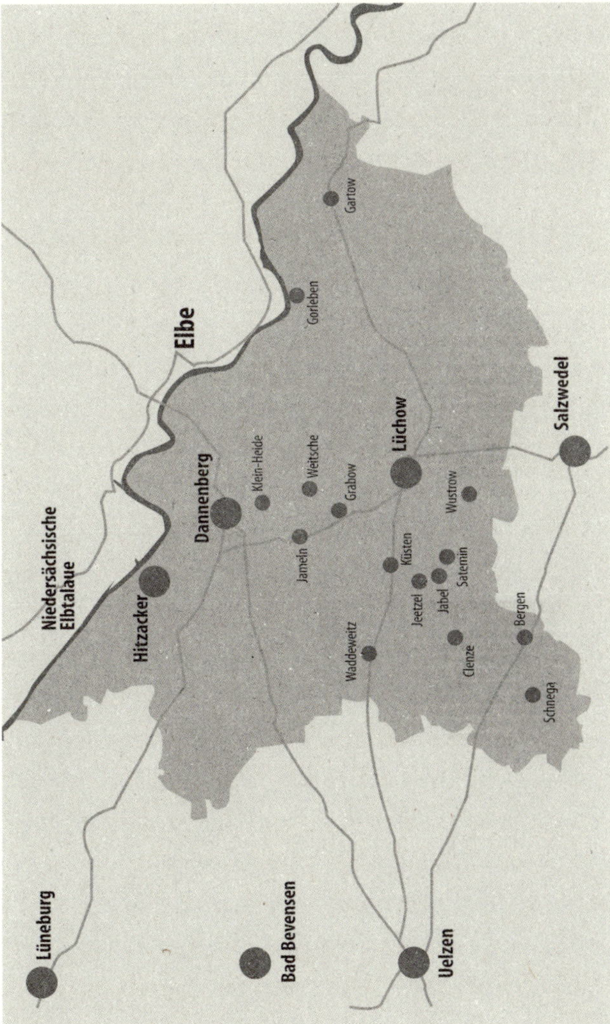
Lüneburg
Bad Bevensen
Uelzen
Niedersächsische
Elbtalaue
Hitzacker
Dannenberg
Elbe
Gorleben
Gartow
Klein-Heide
Weitsche
Grabow
Jameln
Lüchow
Wustrow
Küsten
Satemin
Jabel
Jeetzel
Waddeweitz
Clenze
Bergen
Schnega
Salzwedel

in über 100 Dörfern zu erkennen. 19 Rundlinge sind noch fast in alter Form vorhanden. In den Rundlinge sind die Häuser kreisförmig um den Dorfplatz angelegt.

Großvater vom Kachelofen

»Jojo«, sagte er jedes Mal und blinzelte über seine runden Brillengläser. Er hockte auf einer Bank mit dem Rücken am wohlig warmen Kachelofen und zog genüsslich an seiner langen Pfeife. Ab und zu seufzte er tief und sagte wieder »jo, jo«. Es war fast jeden Abend dasselbe Spiel. Aber gerade das war auch das Schöne daran.

Wir Kinder – meine Cousine, mein Cousin und ich – saßen dichtgedrängt vor ihm auf einem kleinen Fußholzhocker und rührten uns nicht vom Fleck. Wie gebannt schauten wir auf seine Lippen, denn wir wussten genau: Sagte er ein drittes Mal »jo, jo«, dann folgte eine seiner oft gruseligen Geschichten, von denen wir nicht genug bekommen konnten. Und er hatte einen unerschöpflichen Vorrat davon.

Eigentlich war er gar nicht unser richtiger Großvater. Aber er lebte schon so lange mit Großmutter zusammen, dass wir uns ohne ihn die Familie gar nicht vorstellen konnten.

Abends saßen Großmutter, wir drei Kinder und Großvater fast immer hinten in der kleinen Stube. Die große wurde nur für Festlichkeiten und an Feiertagen genutzt.

Im Raum roch es würzig nach Großvaters Pfeifentabak. In den Geruch mischte sich der süße Duft der im Kachelofen vor sich hin brutzelnden Äpfel.

Großmutter saß auf einem alten Sofa am Tisch. Vor ihr stand eine Petroleumlampe, deren weicher, schummeriger Schein den Raum verzauberte. Für Großvaters Geschichten war es genau das richtige Licht, um uns das eine oder andere Mal Schauer über den Rücken laufen zu lassen. Manchmal hörten wir es klicken, wenn Großmutters Stricknadeln aneinander gerieten.

Verstohlen huschte unser Blick immer wieder zu ihr. Ob sie uns wohl bemerkte? Sie war es nämlich, die uns noch einen Strich durch die Rechnung machen konnte. Denn längst war es draußen dunkel geworden und nichts fürchteten wir mehr als ihre Worte: »Slapen gahn.«

Aber meistens war sie so mit ihren Knütteleien beschäftigt, dass sie uns nicht wahrnahm.

Großvater zog noch einmal an seiner Pfeife und dann kam es endlich – das dritte »jo, jo«. Jetzt wussten wir: Es ging los mit dem Geschichtenerzählen!

Sagen

Der Spinnerklump

Im Wendland trafen sich in der dunklen Jahreszeit die Deerns (Töchter und Mägde des Dorfes) jedes Mal bei einem anderen Bauern, um gemeinsam zu spinnen. Die Spinnräder wurden dann in einem Kreis aufgestellt. So war es möglich, das Licht von der Decke zu nutzen, und gleichzeitig war es einfacher, in der Runde Geschichten zu erzählen.

Manchmal fand auch ein Wettspinnen statt, das dauerte oft bis spät in der Nacht. Wenn dann die Knechte oder Söhne der Bauern dazukamen, wurde es spannend, fast immer unheimlich und schaurig, denn die Jungen hatten oft Geschichten zu erzählen, die zum Gruseln Anlass gaben.

Auch die Kinder hatten ihren eigenen Klump. Wenn sie sehr fleißig waren und viel gesponnen hatten, gab es als Belohnung »Brabeern«, das sind getrocknete Birnen, die den Kindern besonders gut schmeckten.

Der goldene Fuß

In einem Dorf im Südkreis des Wendlandes lebte ein Bauer, der so geizig war, dass er nur Freude an Vermögen und Reichtum hatte. Seine Familie hatte kaum genug zum Leben. Als seine Frau eines Tages schwanger wurde, da dachte er nur: »Noch ein weiterer Mitesser auf der Welt.«

Doch er traute seinen Augen nicht, als ein Mädchen geboren wurde, denn das Kind hatte einen goldenen Fuß. Gern hätte er ihn abgeschnitten, doch er sah ein, dass das Mädchen mit nur einem Fuß schlecht arbeiten könnte. Der Bauer wurde immer grantiger und unausstehlicher, hatte er nur den goldenen Fuß vor Augen.

Noch immer verweigerte der Geizhalz seiner Familie ausreichende Nahrung, so dass das Mädchen wegen der kärglichen Kost sehr krank wurde und schließlich starb. Vor der Beerdigung schnitt der Bauer seinem Kind dann den goldenen Fuß mit der Begründung ab, es sollte nur ein Andenken sein.

Gleich nach der Beerdigung erschien das Mädchen jede Nacht als Geist vor dem Fenster ihres Vaters und rief: »Ick will mien Fout werrer.« (Ich will meinen Fuß wieder haben.) Denn ohne ihren Fuß konnte sie keine Ruhe finden.

So ging es viele Nächte lang. Der Bauer gruselte sich und konnte kaum Schlaf finden. Endlich war es ihm zu bunt, er nahm den goldenen Fuß und warf ihn aus dem Fenster mit den Worten: »Dor is dien gold'n Fuß werrer.« Seitdem war der Spuk verschwunden. Die Verstorbene konnte endlich Ruhe finden.

Das Jammerholz bei Grabow

Im Jahre 1297 fuhr die verwitwete Gräfin von Mansfeld, eine geborene Gräfin von Lüchow, mit ihrer Kutsche von der Burg in Dannenberg nach Lüchow. Als sie durch den dichtbewachsenen Wald kam, hörte sie ein Wimmern, das wie ein Klagelaut klang, und laute Stimmen drangen durch den Wald. Die Gräfin bat den Kutscher anzuhalten, stieg aus dem Wagen und ging den Stimmen nach.

Dann sah sie, wie ein weißhaariger alter Mann gefesselt in einer Mulde kniete und um sein

Leben bettelte. Über ihm standen junge Männer, der eine hielt eine Keule in der Hand und wollte gerade zum Schlag ausholen, als die Gräfin rief: »Haltet ein! Warum wollt Ihr diesen wehrlosen Greis erschlagen?«

Da sagte der Angesprochene: »So wie er seinen Vater erschlagen hat, weil er zu nichts mehr nütze war, so wird mein Sohn mich auch erschlagen, wenn die Zeit reif ist. Die Not bringt uns dazu, dieses zu tun.«

Die Gräfin warf dem jungen Mann ein Säckchen mit Geld zu. Als er dieses auffing, sagte er: »Solange das Geld reicht, solange soll mein Vater leben.«

Der Wald heißt heute noch: »Das Jammerholz.«

Das Lütki

Ein Bauer hatte eine Tochter, die so hässlich war, dass sich kein Werber finden mochte. Auch mit guter Mitgift gelang es ihm nicht, sie unter die Haube zu bringen.

Dort-Lies litt sehr darunter, denn wenn andere Mädchen auf dem Tanzboden mit den

Jungen scherzten, saß sie bei den alten Frauen um die Tanzfläche herum und schaute sehnsüchtig auf die lachenden und tanzenden Paare.

Nur einmal mochte sie dabei sein, sich mit einem Jungen im Tanze drehen. Mit diesen Gedanken saß sie spätabends in ihrer Kammer und dachte über ihr Elend nach. Sie hatte gerade ihr Nachtgebet gesprochen, war ins Bett geschlüpft und hatte gerade die Lampe gelöscht, als sie plötzlich ein Rascheln vernahm.

Durch das Mondlicht, das in ihr Zimmer schien, erkannte sie einen kleinen Mann, der an ihrem Bette stand. Voller Angst vermochte sie sich nicht zu rühren und starrte ungläubig auf die Gestalt.

»Du brauchst dich nicht zu fürchten, ich bin ein Unnererdscher, ein Lütki, und habe deine Not gesehen. Ich werde dich wunderschön machen, wenn du mir etwas versprichst«.

Dort-Lies war zu allem bereit und versprach dem Lütki, alles zu tun, was dieser verlangte.

»Dein Erstgeborenes sollst du mir überlassen, dafür sollst du ein Kind großziehen, welches ich dir geben werde«, dann verschwand er.

Völlig durcheinander verließ sie ihre Kammer. In der kleinen Stube saß ihr Vater am Ofen, die Hände vor dem Gesicht und grübelte vor sich hin. Er hob seinen Kopf und starrte auf seine Tochter, die so wunderschön aussah, dass er sich gar nicht satt sehen konnte. Der Vater konnte es nicht fassen, traute sich aber nicht zu fragen, was geschehen war.

Die heiratswilligen Männer kamen zu Haufe, doch war keiner dem Mädchen gut genug, der eine war hübsch, hatte aber kein Geld, der andere verfügte über Geld, doch ansonsten war er keine Schönheit.

So gingen die Jahre ins Land. Dort-Lies wurde älter, langsam verblasste ihre Schönheit, sie wurde alt. Eines späten Abends tauchte das Lütki auf und erinnerte an das Versprechen. Doch das Mädchen war nun schon so alt, dass es keine Kinder mehr bekommen konnte.

Und noch einmal machte das Lütki sie jung und schön. Der Vater war schon lange gestorben, Dort-Lies hatte im Dorf schon fast alle überlebt, doch ihr Ruf wurde weitergegeben von den Eltern auf die Kinder.

Doch niemand kam, um sie zu werben. Als nun viele Jahre vergangen waren, lebte sie allein und einsam auf ihrem Hof. Die Leute munkelten und mieden sie; schon von Weitem wechselten sie die Straßenseite, um ihr nicht zu begegnen. Eines Tages starb sie. Doch wie die Totenwäscherin in das Haus kam, hörte sie ein Greinen, wie von einem alten Mann. Und dann sah sie Dort-Lies aufgebahrt, am Kopf- und Fußende brannten Kerzen und ein kleiner Mann hockte auf einem Schemel neben der Toten, auf dem Arm hatte er ein kleines Kind mit einem furchtbar großen Kopf.

Noch heute ist es auf dem Land üblich, die Kinder möglichst bald nach der Geburt taufen zu lassen – sonst könnte das Lütki das Neugeborene holen und ein Wechselbalg zurücklassen.

Die Zwerge des Schwarzen Berges

Bei Rebenstorf auf dem Schwarzen Berg lebten vor langer Zeit die Zwerge. So mancher versuchte, ihre Ansiedlung zu finden, kehrte jedoch unverrichteter Dinge zurück. Es war ein scheues, aber fleißiges Völkchen. Oft liehen sich die Zwerge aus dem Dorf einen Backtrog, den sie stets sauber mit einem kleinen Brot versehen zurückgaben.

Als die kleinen Leute nun wieder einmal den Trog ausleihen wollten, gab ihn der Bauer nur widerwillig heraus. Als er ihn schließlich zurückbekam, lag statt eines Brotes ein Haufen darin.

Von diesem Tag an wurden die Zwerge nicht mehr gesehen.

Eine andere Geschichte erzählt:

Wenn die Zwerge eine Festlichkeit vorbereiteten, liehen sie sich im Dorf einen Backtrog aus. Dann wurde gebacken und gekocht, und die Musik hörte man in ganz Rebenstorf. Nach dem Fest gaben die Zwerge den Trog zurück und legten als Dank ein kleines Brot hinein.

Doch da gab es den Jan aus Rebenstorf; der wollte sich einen Spaß machen. Als die Zwerge sich wieder einmal den Trog ausliehen, setzte er einen Haufen hinein.

Von dem Tag an waren die Zwerge verschwunden und der Berg blieb für immer verschlossen.

Die schwarze Katze

Im Lemgow lebte einst eine steinalte Frau mit ihrer Tochter. Die Frau stand im Ruf, mehr zu wissen als andere. So holte man oft ihren Rat ein, war aber dennoch bemüht, von ihr Abstand zu halten. Eines Tages starb sie und hinterließ ihre kleine Kate ihrer Tochter.

Als eines schönen Sommertages das Mädchen im Wald nach Kräutern suchte, beobachtete sie ein junger Mann aus dem Nachbardorfe. Er überfiel und vergewaltigte sie. Das Mädchen starb an den Folgen der Misshandlung.

Am nächsten Tag erschien auf dem Hof des jungen Mannes eine schwarze Katze. Erst starb darauf das Vieh an einer unbekannten Krankheit, dann holte der Sensenmann den Bauern und die Bäuerin und zuletzt raffte der Tod auch den jungen Mann dahin. Und jedes Mal erschien die schwarze Katze, die sich nicht vertreiben ließ.

Sie blieb auf dem Hof, der Hof verfiel, denn niemand aus dem Dorfe traute sich, ihn zu übernehmen.

Die Sage von der Burg in Lüchow

1811 brannte fast die ganze Stadt Lüchow ab. Übrig blieben nur einige wenige Häuser. Auch das Schloss war abgebrannt, nur der Amtsturm blieb erhalten.

War es der große schwarze Hund, der spukte, oder war es die weiße Frau, die durch den Turm huschte? Wer dem Untier in der Dunkelheit begegnete, den hielt es gebannt an der Stelle fest. Regungslos musste derjenige dort wie angekettet stehen, bis der Morgen anbrach. Dann erst konnte er seine Glieder wieder bewegen.

Eine lange Zeit spukte die weiße Frau durch die Burg. Sie wurde schon vor dem Brand 1811 von einer Schildwache eines französischen Obersten gesichtet, der dort Quartier bezogen hatte. Als dieser sich der Gestalt näherte, verschwand sie.

Über dem turmartigen Eingang am rechten Flügel des Schlosses war ein in Bruchstein gehauenes Bild. Es zeigte einen Amboss. Der Schmied hielt in der Zange einen menschlichen Kopf und war dabei, diesen zu bearbeiten. Daneben stand eine weibliche Person, der ein langer Zahn aus der Kinnlade schaute. Zu dieser Darstellung war eine Inschrift mit den Worten zu sehen: »Wer die Tugend hat bezwungen, dem schaden nicht die bösen Zungen.«

Eine Sage erzählt:

Eine frühere Gräfin von Lüchow sei mit einem Eberzahn verunstaltet worden. Sie beschloss zu heiraten und ließ im Lande ausrufen, dass sie denjenigen heiraten wolle, der den gleichen Makel hatte wie sie. Es meldete sich ein Edelmann, der auch gekennzeichnet war. Er war ein hübscher Mann. Wie die Sage erzählt, sei die Gräfin in Liebe entbrannt. Doch hatte sie Bedenken, dass sich so eine Verunstaltung fortpflanzen könnte. So beschloss sie und gab den Befehl, ihn zu enthaupten. Als der Kopf vom Rumpf geschlagen war, ließ sie den Zahn vom Schmied herausschlagen. Die Gräfin soll den Hauer als Liebeszeichen aufbewahrt haben.

Eine andere Sage berichtet, dass die Gräfin nicht verunstaltet, sondern eine Schönheit war.

Sie ließ bekannt geben, dass sie den schönsten Mann des Reiches ehelichen wollte. Auf diesen Aufruf meldete sich ein Schmiedegesell, der sich für wunderschön hielt. Die Gräfin war erzürnt über diese Frechheit und ließ den Freier enthaupten. Als Strafe wuchsen der Adeligen die Zähne immer länger, so dass diese wie Eberzähne aussahen.

Es ist auch überliefert, dass die Gräfin Gelüste nach dem Gehirn von Heringen hatte. Es soll ihre Lieblingsspeise gewesen sein. Sie verzehrte so viele Gehirne, dass sie in Armut fiel. Die große Anzahl der ausgeweideten Heringe ohne Hirn soll der Schmiede- oder Maurerinnung gegeben worden sein. Als Erinnerung und Wahrzeichen führten die Bürger am Fastnachtstage einen Hering an der Kette durch die Stadt.

Die Mädchenmörder

In einem Dorf nahe der ehemaligen Zonengrenze lebte einmal ein Elternpaar mit ihrer Tochter. Zu gern hätten sie noch ein Kind gehabt, doch leider war ihnen dies nicht vergönnt.

Das Mädchen bekam den Namen Dort-Lies, wuchs mit viel Liebe der Eltern auf und entwickelte sich zu einer Schönheit. Von überall her kamen die Freier, um zu werben. Es waren nicht nur die Bauern, sondern auch hochgestellte Persönlichkeiten, die aus den nahen Städten kamen. Eigentlich wollten die Eltern ihr Kind noch nicht ziehen lassen und auch Dort-Lies konnte sich nicht entscheiden, ob sie schon heiraten wollte.

Eines Tages kam ein Graf und bat um die Hand des Mädchens und wollte sie zur Gräfin machen. Darüber freuten sich die Eltern und auch die Tochter sehr. Welches Mädchen bekam schon diese Chance? Und so willigten sie ein.

Der Graf erzählte, dass sein Schloss mitten im Wald läge, er Dort-Lies aber jetzt nicht mitnehmen könnte. Damit sie später den Weg fand, wollte er den Weg entlang Erbsen pflanzen. So könnte sie den richtigen Weg nicht verfehlen.

Eines Tages machte sich die junge Frau schließlich auf den Weg. Mitten im dichten Wald stand sie plötzlich vor einem großen eisernen Tor. Als sie eintrat konnte sie das Schloss schon sehen. Vor dem Eingang lagen zwei angekettete Löwen, die das Haus bewachten. Als sie näher trat, wichen die Löwen zurück, um sie hinein zu lassen.

Dort-Lies trat in eine große Halle und sah auf vier Türen. Sie öffnete die erste Tür und erschrak, denn dort lagen schlimm zugerichtete tote Menschen. Als sie die zweite Tür öffnete, erblickte sie nur Totenköpfe mit langen Haaren in dem Raum. Im dritten Zimmer befanden sich Tierköpfe. Im vierten Zimmer standen nur Betten, die sie an ein Schlafzimmer erinnerten.

Plötzlich hörte Dort-Lies Stimmen und Schritte und versteckte sich unter einem Bett. Als die Männer das Zimmer betraten, hörte sie die Stimme des Grafen und sah, dass einer der Männer ein Mädchen schleppte. An einem Finger trug das Mädchen einen goldenen Ring. Der Graf versuchte den Ring abzuziehen, doch der saß zu fest. So schlug er den Finger mit einem Beil ab, zog den Ring herunter und steckte diesen in seine Tasche. Der abgeschlagene Finger aber rutschte unter das Bett. Dort-Lies nahm ihn auf. Die Männer verließen den Raum und aßen und tranken.

Als schließlich Ruhe eingekehrt war, verließ Dort-Lies ihr Versteck und lief nach draußen.

Sie sprang über die schlafenden Löwen, die jedoch aufwachten und laut brüllten. Davon wachten auch die Männer auf und durchsuchten das Gelände. Doch Dort-Lies hatte sich in einem großen Busch versteckt und als es dunkel wurde, eilte sie nach Hause.

Groß war die Freude der Eltern und als das Mädchen ihre Erlebnisse erzählte und den Finger zeigte, holte man die Gendarmen. Am nächsten Tag kam der Graf mit Gefolge wieder, um Dort-Lies zu holen. Die Gendarmen erwarteten ihn schon. Sie packten die Mörder und brachten sie vor Gericht, wo der Graf und seine Leute zum Tode verurteilt wurden.

Der Raub der schönen Editha

In der Nähe von Bergen liegt noch immer eine erhöhte Stelle. Dort stand einmal die Tipkenburg auf der der Raubritter Hans Tipke sein Domizil hatte.

Nicht weit davon lag bei Bodenteich die Burg des Ritters Johann von Bodendiek, der eine wunderschöne Tochter hatte. Sie verlobte sich mit dem Junker Berthold von der Schulenburg. Doch Johann von Bodendiek wollte seine Tochter mit Hans Tipke verloben. Doch Editha fühlte sich an ihr Heiratsversprechen mit dem Ritter gebunden und weigerte sich, einer neuen Verlobung zuzustimmen.

Zu dieser Zeit zog Berthold von der Schulenburg als Kreuzritter nach Jerusalem. Als Hans Tipke davon erfuhr, verbündete er sich mit den Rittern Ruder von Bardowick, Hasso von Bernstorf aus Clenze und Konrad von Schildern aus Schnega. Eines Nachts überfielen sie die Burg, entführten die schöne Editha und brachten sie mit Gewalt auf die Tipkenburg.

Nun sollte keine Verlobung, sondern gleich eine Hochzeit gefeiert werden. Editha weinte und flehte zu Gott, dass dieser Kelch an ihr vorüber gehen würde. Ihr Verlobter Berthold von der Schulenburg war von seinem Kreuzzug zurückgekehrt und erfuhr von der Entführung seiner Braut.

Des Nachts schlich sich Berthold auf die Tipkenburg, um Editha zu befreien. Als er schon das Zimmer seiner Braut aufsuchte, wachte

Hans Tipke auf. Es entbrannte ein heftiger Kampf, an dem der Ritter Berthold verletzt und gefangen in den Burgkeller gesperrt wurde. Editha wehrte sich weiter, Hans Tipkens Frau zu werden. Endlich nach zwei Jahren kam die Hilfe. Ein Knecht von der Burg ihres Vaters fand Arbeit auf der Tipkenburg. Er pflegte den Gefangenen Berthold, bis er vollkommen genesen war.

Zurück auf die Burg von Bodendiek erzählte er von den Machenschaften des Raubritters. Auch der Ritter von Bernstorf und Konrad Schildern hatten sich von Tipke gelöst. Mit ihnen gemeinsam erstürmte Johann von Bodendiek die Tipkenburg und befreite seine Tochter Editha.

Als Hans Tipken sah, dass er verloren hatte, setze er seinem Leben ein Ende und erdolchte sich. Seine Burg wurde zerstört, das Land teilten sich die Ritter unter sich auf. Auch einige tapfere Bürger aus Bergen, das Kloster Diesdorf und der Graf Johann von Warpke, die auch bei der Befreiung geholfen hatten, bekamen einen Teil der Ländereien ab.

Die Quelle bei Sallahn

Die Sage erzählt, dass einst eine Heilquelle bei Sallahn auf dem Silberberg sprudelte.

In der Nähe des Silberberges hatte in vergangener Zeit eine Schlacht stattgefunden. Es gab viele Verletzte und auch viele Tote. Ein Fürst wurde durch das Schwert des Feindes schwer verletzt. Das Blut floss aus tiefen Wunden und er wurde von starken Schmerzen gepeinigt. Mit letzter Kraft gelang es ihm, sich in einer Mulde hinter dem Gipfel des Berges sich in Sicherheit zu bringen. Dort hoffte er, dass ihm die nötige Rast wieder neue Kräfte geben würde.

Als er sich nun mit seinen Schmerzen ein wenig ausstreckte, fiel sein Blick auf einen großen Feldstein, der in seiner Nähe lag. Er berührte den Stein und fühlte, dass dieser an einer Seite feucht war. Bei näherem Hinschauen bemerkte er ein quellendes Wasser, das sich zwischen dem Stein und der Erde einen Weg bahnte. Er schöpfte das Wasser mit der hohlen Hand, um seine blutenden Wunden zu säubern. Sobald das Wasser seine Verletzungen berührte, ließ der Schmerz nach und das Blut aus den Wunden versiegte. Durch die heilende Kraft des Wassers schlossen sich die Wunden zusehends. Der Fürst erholte sich in kurzer Zeit.

Der Volksmund berichtet, dass diese heilende Quelle in Sallahn auf dem Silberberg nur alle sieben Jahre fließt. In meiner Jugend suchte ich diese Quelle, fand sie fließend und entdeckte dort ein Holzschild mit den Worten »Heilquelle«. Das letzte Mal sah ich das Wasser vor etwa 20 Jahren, als es in einem dünnen Rinnsal aus der Erde hervorquoll.

Die Marienkirche zu Plate

Ein Ritter verirrte sich bei Nacht und Nebel auf einem Ritt von Lüchow im Lüser Moor. Als er sich schon fast verloren glaubte, betete er zu Gott und gelobte, eine Kirche zu bauen, wenn er gerettet würde. Da erspähte er seitlich ein helles Licht. Er ritt darauf zu und fand schließlich auf den festen Weg durchs Moor zurück. Er hielt sein Gelübde und ließ die Kirche zu Plate errichten.

Eine andere Überlieferung schreibt den Bau der Kirche einem Ritter von Plato zu.

Dieser hatte unbeabsichtigt seinen Bruder getötet und dadurch keine Ruhe mehr gefunden. Stets verfolgte ihn das Bild, wie die Burgknechte die Leiche bei fahlem Mondschein in den Burghof trugen. Auch litt der Ritter sehr darunter, dass er ohne Nachwuchs blieb. Er war überzeugt davon, dass auch dies mit dem Tod seines Bruders zusammenhing.

Um Gott zu versöhnen, nahm er an Kreuzzügen teil und kämpfte für die Verbreitung der christlichen Lehre. Er hoffte, durch Gebete und Taten auf eine göttliche Vergebung. Doch alles schien vergebens, bis seine Gemahlin eines Tages doch schwanger wurde. Er betete zu Gott, dass er einen Sohn bekommen könnte, den er zu einem gottesfürchtigen Menschen erziehen wollte. In diese Gedanken versunken, ritt er eines Morgens mit seinem Gefolge zur Jagd. Auf dem Heimritt in tiefer Nacht entdeckte er im Eichenwald an einer einsamen Stelle ein vom Mond beschienenes Bild der Jungfrau Maria mit dem Jesuskind.

Er ließ es aufheben und es in seine Satteltasche stecken.

Zuhause angekommen nahm er das Marienbild, um es seiner Frau zu zeigen. Diese kam ihm vor Glück strahlend entgegen. Sie hatte in derselben Nacht einem Knaben das Leben geschenkt.

In tiefer Dankbarkeit ließ er an der Stelle, an der er das Marienbild gefunden hatte, eine Kirche errichten – die Marienkirche zu Plate.

Die Hohe Kirche im Lemgow

Im Lemgow steht erhöht eine Kirche, die von den anliegenden Dörfern zu sehen ist. Die Sage erzählt, dass diese Kirche eigentlich im Dorf Gr. Witzeetze gebaut werden sollte. Doch im Nachbardorf Kriwitz waren die Dörfler der Meinung, dass der Kirchenbau in der Nähe von Kriwitz beginnen sollte.

Die Gr. Witzeetzer hatten schon das ganze Baumaterial geordert und lagerten es auf dem Dorfplatz. Die Kriwitzer berieten sich und kamen zu dem Resultat, dies zu verhindern. In einer Nacht- und Nebelaktion banden sie den

Pferden dämpfende Stoffe um die Hufe, desgleichen wurden die eisenbeschlagenen Wagenräder gedämmt. Zusätzlich wurden alle quietschenden Teile ordentlich und gründlich mit Fett eingeschmiert, so dass kein Laut zu hören war.

Während die Dorfbewohner friedlich in ihren Betten lagen, wurde das Baumaterial von Gr. Witzeetze in die nicht weit entfernte Stelle von Kriwitz gebracht. Am Morgen staunten die Witzeetzer nicht schlecht, dass das ganze Baumaterial verschwunden war. Bei der sofort eingeleiteten Suche nach dem Material stellten sie fest, dass die Kriwitzer schon mit dem Bau der Hohen Kirche begonnen hatten.

Die Kapelle von Spithal

Die Spithaler Kapelle gilt als ältester Kirchenbau des Hannoverschen Wendlandes. Die Verwendung von quadratisch behauenen Feldsteinen und die Rundbögen zeigen an, dass sie vor oder um das 12. Jahrhundert gebaut wurde. Es bleiben immer noch Fragen offen über diesen mystischen Ort. So ranken sich auch Geschichten und Sagen rund um die Kapelle.

In der Kirchenruine von Spithal soll eine goldene Wiege vergraben sein.

Eines Tages wollten einige Bauern des Dorfes Spithal diesen Schatz heben. Nun hieß es aber, bei der Bergung dieses unschätzbaren Wertes dürfe kein Wort gesprochen werden und kein Laut zu hören sein.

Mit Hacke und Spaten begaben sich drei Bauern eines Abends bei hellem Mondschein auf den Weg zur Ruine. Dort angekommen begannen sie zu graben und stießen nach mühsamer Arbeit auch tatsächlich auf die goldene Wiege. Die Männer legten sie frei und wollten sie gerade heben, als sie eine alte, nackte Frau an einem der Kirchenruine liegenden Baumstamm lehnen sahen.

Alle drei fingen kräftig an zu lachen, so dass es aus dem Wald widerhallte In diesem Moment füllte sich die Grube wie von Geisterhand mit Sand und Geröll. Die goldene Wiege verschwand im Erdboden.

Ein paar Tage später versuchten sie es noch einmal. Und diesmal schien es zu klappen. Sie hatten die goldene Wiege schon fast an der Oberfläche, als der Teufel erschien und, ein wenig von ihnen entfernt, einen Galgen aufbaute.

Die Bauern erschraken sehr, doch es kam kein Laut über ihre Lippen.

»Der mit der roten Jacke, der soll zuerst hängen«, rief der Teufel.

Der Bauer, der eine rote Jacke trug, richtete sich auf und antwortete ihm: »Das wirst du schön bleiben lassen.« Kaum waren diese Worte gefallen, versank die Wiege auf Nimmerwiedersehen. Bis heute wurde sie nicht gehoben.

Die Wunderkröte von Lefitz

Auf einer Erhöhung in der Nähe des Dorfes Lefitz hütete ein Schäfer einst seine Schafe. Um sich etwas auszuruhen, setzte er sich auf einen großen Feldstein und beobachtete seine Schafe, die rund um ihn liefen.

Er hatte es gar nicht bemerkt, aber neben ihm saß eine Kröte, die auf ihrem Kopf eine kleine

Krone trug. Erstaunt hörte der Schäfer, dass die Kröte sprach: »Ich will dich reich machen. Du darfst niemandem etwas sagen, sonst siehst du mich nicht wieder.«

Jeden Tag besuchte ihn die Kröte und legte ihm 50 Pfennige auf den Stein. Mit der Zeit wurde der Schäfer langsam reich. Schließlich fragte man ihn im Wirtshaus, woher er plötzlich das viele Geld hätte. Und stolz erzählte er von der Wunderkröte.

Von diesem Tage an kam die Kröte nicht wieder und auf dem Stein lagen auch keine 50 Pfennige mehr. Da der Schäfer sein ganzes Geld verbracht hatte, war er wieder arm.

Die Güstritzer Heilquelle und der Kolborner Gesundbrunnen

In Güstritz gab es eine Quelle, die heilendes Wasser hervorbrachte. So mancher Verletzter konnte geheilt werden, wenn er die Verletzung mit dem Wasser bestrich.

Die Frauen aus dem Dorf achteten diese Quelle nicht und wuschen ihre Wäsche in dem klaren Wasser. Die Quelle jedoch wollte dies nicht akzeptieren und wanderte aus. Sie wählte ihren neuen Platz in Kolborn.

Hier zeigte die Quelle ihre alte Heilkraft. Sie machte Kranke gesund, Dumme wurden klug und Alte wieder jung.

Eine alte Frau, die nicht viel im Leben erfahren hatte, wünschte sich wieder jung zu werden. Sie badete in dem Wasser und wurde wieder ein junges Mädchen. Die Jahre gingen dahin, das Mädchen wurde alt. So beschloss sie, noch einmal jung zu werden. Sie wusste nicht, das Jungsein nur einmal wirken konnte. Sie sprang ins Wasser und ertrank.

Der Gottesdienst

Wenn heute schon ein Gottesdienst um vier Uhr in der Frühe stattfinden würde, wären bestimmt die Kirchen leer. Doch vor über hundert Jahren war es hier im Wendland üblich, den Gottesdienst vor der Arbeit zu besuchen, denn die Arbeit der Bauern begann schon mit dem Tagesanbruch.

Diese Geschichte wurde von Süthen überliefert.

Meist trafen sich die jungen Mädchen vor der Kirche, um gemeinsam das Gotteshaus zu besuchen.

Es klopfte ans Fenster, Dort-Lies, noch verschlafen, richtete sich auf und sprang geschwind aus ihrer Butze. Hätte sie doch beinahe verschlafen. Sie dachte, es wäre Zeit den Gottesdienst zu besuchen. Als sie bei der Kirche ankam, war das Gotteshaus schon voll besucht, so dass sie keinen Platz mehr finden konnte. Sie schaute sich um, konnte aber niemanden erkennen, den sie kannte.

Auch bemerkte sie, dass einige Frauen seltsam gekleidet waren. Plötzlich stand neben ihr ihre Nachbarin, die vor einigen Tagen gestorben war. Als diese sie ansprach und sagte, dass dies der Gottesdienst der Verstorbenen sein, sie jetzt hier noch nicht hingehörte, drehte Dort-Lies sich um und lief in Panik zurück zu ihrem Hof.

Zu Hause angekommen, schaute sie auf die Uhr, es war erst kurz nach Mitternacht und keine vier Uhr morgens.

Der Brautstein bei Woltersdorf

Nach einer Sage verabschiedete sich an jenem Stein ein Liebespaar voneinander. Es war eine adelige Jungfrau und ein edler Ritter. Der Ritter musste in die Schlacht ziehen. Sie schwor ihm ewige Treue: Eher sollte sich dieser Fels von der Stelle rücken und sie darunter lebendig begraben, als dass sie das Versprechen brechen würde.

Nicht lange danach jedoch wollte die Jungfrau nichts mehr von dem Versprechen wissen. Sie ließ sich mit einem anderen Mann ein und traf sich mit ihm an diesem Stein.

Es war ein sonniger Tag, als sich beide dort Zärtlichkeiten ins Ohr flüsterten. Sie hatten die Welt um sich herum vergessen. Da richtete sich der Stein plötzlich auf und begrub die Untreue unter sich. Ihr Blut rötete den Fels und die kleinen weißen Blumen der Heide, die um den Stein wuchsen.

Als der Ritter nach seiner Heimkehr den aufrecht stehenden Fels erblickte, der mit blutroten Adern durchzogen war, ahnte er gleich, was sich zugetragen hatte. Voller Wut schlug der Ritter mit seinem Schwert auf den Stein ein, da quoll ein roter Blutstrahl hervor. Er glaubte unsägliche Klagelaute zu hören. Nachdem er sich beruhigt hatte, fühlte er eine große Leere und Traurigkeit. Zum Andenken an diese unglückliche Liebe pflückte er sich noch einen kleinen Strauß von der blutdurchtränkten Heide, bestieg sein Pferd und ritt auf zu neuen Schlachten.

Eine andere Sage erzählt, dass einmal Brautleute zur ihrer Trauung fahren wollten, als es ein starkes Gewitter gab. Die Braut wollte umkehren, doch der Bräutigam sagte: »Lat rägen, lat dunnern, wat geit uns dat an. Hüt is mien Hochtiedsdaag, un hüt häwn wi keene Tiet to bäden.« (Lass regnen, lass donnern, was geht uns das an. Heute ist mein Hochzeitstag, und da haben wir keine Zeit zu beten.)

Da blitzte und donnerte es so sehr vom Himmel und mit einem Mal waren Braut und Bräutigam samt Pferd und Wagen verschwunden. An der Stelle aber lag ein großer Stein umrahmt von kleinen Steinen.

Rettung in letzter Sekunde

Hier im Wendland arbeitete eine Leichenwäscherin, die sich ziemlich sicher war, dass es sich bei diesem Toten, zu dem sie gerufen worden war, um einen Düwwelsüger handeln musste. Er hatte keine wächserne Gesichtsfarbe, sondern seine Haut schimmerte rosa. Die Lippen waren nicht blass sondern rot. Und, obwohl schon längst die Totenstarre hätte eingetreten sein müssen, konnte sie ihn noch gut bewegen. Für sie waren das alles zutreffende Anzeichen.

Als sie das Todentüch aus dem Schrank nahm, lag oben auf dem Gehrock ein Pfennig, auf dem ein Kreuz eingeritzt war. Auch dies bestätigte ihre Vermutung. Also musste der Tote schon zu Lebzeiten geahnt haben, dass er zum Düwwelsüger werden würde.

Aufgeregt holte sie die Angehörigen des Toten und klärte sie auf. Doch diese hatten Angst und wollten davon nichts wissen. Sie trugen der Leichenwäscherin auf, nach eigenem Gutdünken zu verfahren. Sie sollte alles in die Wege leiten, um Unglück zu vermeiden.

Doch ihr fehlte die letzte Sicherheit. Zuviele unerklärbare Dinge waren ihr im Laufe ihrer Arbeit untergekommen. Vielleicht waren hierin die Gründe zu finden, warum sie meinte, sich vielleicht nur alles eingebildet zu haben. Sie schob ihre Zweifel beiseite, wusch den Toten und zog ihn an. Als Vorsichtsmaßnahme legte sie ihm den Pfennig unter die Zunge.

Mithilfe eines Knechtes wurde der Leichnam dann in den Sarg gelegt und in der großen Diele aufgebahrt. Die Hände des Toten faltete sie wie zum Gebet. Rund um den Sarg stellte sie Kerzen und Wassergefäße auf, legte ringsum den Boden mit Brennnesselblättern aus.

Als sie mit allem fertig war, verabschiedete sie sich freundlich und ging nach Hause. Doch der Gedanke an das, was sie gesehen hatte, ließ sie aber den ganzen Tag nicht los. Schließlich fasste sie den Beschluss, am nächsten Tag an der Beisetzung teilzunehmen. Sie traf pünktlich zum Schluss des Gottesdienstes an der Friedhofskapelle ein und begleitete den Sarg bis zur vorgegebenen Grabstätte. Als die Totengräber mit dem Sarg aus der Kapelle traten, polterte und rumpelte es heftig darin. Vor Schreck ließen die vier Männer ihn fallen.

Ein Aufschrei ging durch die Menge, zumal sich keiner erklären konnte, warum diesen erfahrenen Sargträgern ein solches Missgeschick unterlaufen war. Nachdem wieder Ruhe eingekehrt war, hoben die Männer erneut den Sarg an und trugen ihn zu der Stelle, wo der Tote seine ewige Ruhe finden sollte. Mit Seilen wurde er in die Grube hinabgelassen. Der Pastor beendete die Zeremonie mit einem *Vater unser*, dann verließ die Trauergesellschaft den Friedhof.

Die Leichenwäscherin indes blieb am Grab stehen. Aus ihren Vermutungen war jetzt Sicherheit geworden. Bei dem Toten handelte es sich um einen Düwwelsüger.

Nun musste schnell gehandelt werden. Sie sprach mit den Totengräbern, erzählte ihnen die Geschichte und wie aus anfänglichen Zweifeln Gewissheit geworden war. Sie appellierte an die gemeinsame Verantwortung. Schließlich konnte sie die Männer überzeugen, sich mit ihr um Mitternacht, wenn kein anderer sich auf den Friedhof traute, am Grab zu treffen.

Schon vor dieser Zeit machte sie sich mit allen Utensilien, die sie brauchte, auf den Weg. Die Totengräber hielten Wort. Sie kamen mit Schaufeln, Spaten und Äxten. Gemeinsam gruben sie den Sarg aus. Als sie ihn hochgezogen hatten und öffneten, schien der Mond direkt ins Innere. Entsetzt sahen sie, dass der Tote schon begonnen hatte, *»sien Tüch«* aufzusaugen. Der Kopf war hochgehoben und ein Teil der Kleidung steckte schon in seinem Mund. Der Kupferpfennig war aus dem Mund gefallen und lag auf der Brust des Toten. Mit zwei Fingern ergriff sie das Geldstück, zog die Zunge heraus und legte es behutsam wieder darunter. Einer der Totengräber trennte derweil mit einem Axthieb den Kopf vom Rumpf, der andere nahm einen angespitzten Holzpflock und trieb ihn durch das Herz. Zu guter Letzt legte die Leichenwäscherin dem Toten noch eine Bibel unter das Kinn. Nun war alles getan. Der Tote konnte seinen Frieden finden und nicht mehr zurückkommen.

In aller Eile ließen die Männer den Sarg wieder in die Grube und schaufelten das Grab zu.

Die Hahnstockerer

Die Bewohner des Dorfes Jabel werden auch noch heute geneckt. Bei mancher Versammlung und Feier hörte man ein menschliches »Kickereki«. Was das zu bedeuten hatte, geht aus dieser Geschichte hervor.

Die Bewohner von Jabel waren ein fleißiges Volk. Schon früh gingen die Bauern aufs Feld, die Tiere wurden gefüttert, das Haus gesäubert, die Kühe auf die Weide gebracht und die Leinenweberei brachte viel Erfolg.

Doch im Laufe des Jahres wunderten sich die Dörfler, dass die Hähne immer später krähten und sie dadurch ihr Tagewerk nicht mehr schaffen konnten. Man achtete darauf, wann die Hähne krähten. Da es zum Herbst hin länger dunkel war, krähten die Hähne auch später. So kamen die Dorfbewohner auf die Idee, die Hähne zu wecken, damit sie früher krähten und die Leute weckten. Reihum wurde einer der Bauern verpflichtet, morgens um vier Uhr oder auch früher, die Hähne zu wecken. Er ging zum Hühnerhof, nahm eine lange Stange und stocherte die Hähne wach, die sofort anfingen, ihren Weckruf über das Dorf zu starten. Und wenn viel Arbeit war, stocherte der Bauer seine Hähne schon nach Mitternacht. Noch heute heißt die Bevölkerung von Jabel »die Hahnstockerer«.

Der Schäferstein

Als bei Lübbow noch die Grenze zwischen Sachsen und Wenden war, ging die Sage des Schäfersteins um.

Ein wendischer Schäfer hatte sich in ein sächsisches Mädchen verliebt. Beide fühlten sich verbunden und gestanden sich ihre Liebe ein. Nur eines war nicht vollkommen, sie war eine Christin und er glaubte an die wendischen Götter.

Marie, die Sächsin, wusste Rat. In der Nähe der Jeetzel gab es einen riesigen Eichenwald. Dort lebte zurückgezogen ein Klausner, der als Kreuzritter ins Heilige Land gezogen war. Als er zurückgekehrte, war ihm seine Liebste untreu geworden.

Aus Enttäuschung hatte er die Einsamkeit gewählt, um das Wort Gottes zu predigen. Dorthin ging die Sächsin mit ihrem Schäfer und der Klausner bekehrte ihn zum Christen.

Doch der neue Glaube sollte ihn auf eine harte Probe stellen, denn bald darauf wurde seine Schafherde krank. Ein Schaf nach dem anderen starb. So wandte er sich wieder den alten Göttern zu und verdammte das Christentum.

Nun versuchte der Schäfer, seine Götter mit einem Sühneopfer zu besänftigen. Er schlich abends zu der Hütte des Klausners. Als dieser sich abwandte, schlug der Schäfer mit seinem Schäferstock auf den Alten ein. Dieser umklammerte noch mit dem letzten Atemzug sein Christenkreuz.

Als der Schäfer schließlich noch die Hütte in Brand setze, donnerte es und ein gewaltiger Sturm zog auf. Der Schäfer rettete sich bis an den Stein, an dem er getauft war. Ein Blitz zuckte hernieder, der Stein erhob sich und begrub den Schäfer unter sich. Auf dem Stein stand der

Klausner, das Kreuz gen Himmel erhoben. Rund um den Schäferstein lagen kleine Steine, sicher die Herde des Schäfers.

Der Zauberstuhl

Im Wendland im Dorfe Klennow lebte eine arme Witwe mit ihrer Tochter in einer mit Stroh bedeckten Hütte. Als der Wintersturm über das Land peitschte, hatte sie große Angst, dass ihre Hütte vom Sturm gepackt wurde. Dabei gehörte ihr die Kate nicht, sondern der Besitzer war ein reicher Bauer, der hohen Zins verlangte.

Die Tochter der Witwe war eine Schönheit, außerdem war sie bekannt für ihre Geschicklichkeit. Sie konnte so feines Leinen weben wie niemand sonst im Dorf. Sie webte Tag und Nacht, der Webstuhl stand kaum still. Es reichte aber gerade nur für den Lebensunterhalt. Schließlich wurde die Tochter sehr krank und nach kurzer Zeit starb sie.

Es war Februar, als man sie zu Grabe trug. Am gleichen Tag kam der Besitzer der Hütte und verlangte den Zins, den die Witwe noch schuldig war. In einigen Tagen musste das Geld da sein, ansonsten müsste sie die Bleibe räumen.

So setzte sie sich an den Webstuhl und arbeitete, bis ihre Hände nicht mehr wollten. Ermüdet sank sie auf ihr Lager und schlief ein. Plötzlich hörte sie aus dem Wohnzimmer Geräusche. Das Schlagen des Webstuhls war unverkennbar.

Am Morgen, als sie das Wohnzimmer betrat, stellte sie fest, dass sie nicht geträumt hatte. Meter für Meter fein gewebtes Leinen hing über dem Webstuhl. Als sie abends wieder schlafen ging, versuchte sie wach zu bleiben. Sie hörte wieder den Webstuhl schlagen, das Schiffchen rauschte hin und her. Sie betrat das Zimmer und traute ihren Augen nicht.

Am Webstuhl saß ihre tote Tochter und arbeitete. In ihrem weißen Totenkleid wirkte sie so zerbrechlich. Sie legte die Finger auf den Mund und zeigte ihrer Mutter an, dass sie nicht reden sollte. So ging es jeden Tag weiter, am Tage webte die Mutter und nachts saß die Tochter am Webstuhl. Nun konnte die Witwe ihre Schulden begleichen und nach dem Verkauf des

Leinens blieb ihr trotzdem noch genug Geld für sie übrig.

Die Leute im Dorf munkelten, dass es hier nicht mit rechten Dingen zuging. Man meinte, ein Geist aus der Lüchower Burg würde im Haus der alten Bäuerin umhergehen. Die Dorfbevölkerung versuchte nun, den Webstuhl zu kaufen, doch ergebnislos. Als die Witwe starb und bestattet war, brach ein Brand aus, der fast das ganze Dorf, einschließlich der Kate der Witwe, in Schutt und Asche legte. Auch der Webstuhl verbrannte.

Der Zwergenstein

Ein armer Bauer fuhr eines Tages in den Wald, um Holz zu schlagen. Als er gerade den ersten Baum bearbeitet hatte, stand neben ihm ein kleines Männlein. Er hatte es vorher gar nicht bemerkt. Das Männlein fragte ihn nach seinem Namen.

»Ich heiße Krischan«, sagte er. Kaum war der Name ausgesprochen, beschrieb der Kleine mit einem Stab, den er auf einmal in der Hand hatte, drei Kreise in der Luft und stieß drei Pfiffe mit dem Mund aus. Nach diesen Zeichen tauchten wie von Geisterhand hunderte von Zwergen auf.

Krischan war ganz unheimlich zumute und wollte schon den Wald verlassen, als ihn einer der Zwerge fragte, ob er ihnen einen Dienst erweisen würde. Als Krischan dieses bejahte, gingen sie gemeinsam durch den Wald, bis sie an einen großen Stein kamen. Der Unnererdsche klopfte dreimal gegen den Fels, worauf dieser sich öffnete und ein langer Gang sichtbar wurde. Sie traten in einen weiten Raum, der von tausenden von Kerzen erhellt wurde. In der Mitte saß auf einem Thron ein weiterer Zwerg, der Krischan ansprach und den Wunsch der Zwerge beschrieb. Wenn er dort, wo er den Baum geschlagen hatte, einen Meter tief graben würde, käme ein Stein zutage. Dieser Stein gehörte allen Zwergen. Wenn er ihn ausgraben könnte, dabei kein Wort sprechen und ihn herbringen würde, könnte er in der Zukunft ohne Sorgen leben.

Natürlich willigte Krischan ein und machte sich auf den Weg. An der Stelle angekommen, fing er sofort an zu graben. Als er nach einem

Meter den Stein erblickte und ihn heben wollte, wurde der Baum, den er schon bearbeitet hatte, lebendig. Die Zweige des Baumes wickelten sich um den Stein und hielten ihn fest in der Erde.

Krischan versuchte, den Stein zu befreien, schaffte es aber nicht und schrie voller Zorn laut: »Lasst los, zum Teufel, lasst los.«

Mit lautem Donnern und Krachen schoss der Stein aus der Erde hoch. So sehr Krischan auch versuchte, den Stein zu bewegen und weiter auszugraben, aber er schaffte es nicht.

Noch heute liegt der Stein unberührt an dieser Stelle unweit von Proitze.

Satans Kamin

Nach der Sage hieß Satemin früher »Satans Kamin«.

Das kam daher, dass die Leute in Satemin es lange ablehnten, das Christentum anzunehmen. Alle umliegenden Dörfer waren schon christianisiert, nur Güstritz und Satemin weigerten sich noch. Als sich die beiden Dörfer dann doch endlich auf das Wagnis einließen und zum christlichen Glauben übertraten, gab es nur eine Ausnahme.

Es war Azein Dick aus Satemin, der die heidnischen Götter bis zu seinem Tode verehrte. Wenn am Sonntagmorgen die Glocken zum Kirchgang läuteten, ging er auf sein Feld und ackerte und scherte sich nicht drum, dass der Sonntag ein Feiertag war. So ging es viele Jahre, bis er schließlich starb.

Gleich nach der Beerdigung fing jedoch sein Geist an, auf dem Dachboden zu spuken. Jeden Abend hörte man Gepolter und laute »Hehehe«-Rufe.

Das Dorf kam zusammen und die Bewohner berieten, was zu tun sei. Azein hatte zu Lebzeiten gerne Eierkuchen gegessen und das wollten die Leute jetzt nutzen, um den Geist zu fangen und aus Satemin fortzuschaffen. Sie nähten einen ledernen Sack, packten Eierkuchen hinein und warteten.

Der Plan ging auf, denn der Geist verfing sich im Sack, den beherzte Männer zubanden und ihn mitsamt dem gefangenen Geist über die

Grenze ins Preußer Holz brachten. Noch heute hört man dort sein fürchterliches »Hehehe«.

Als Christwa eines Tages vom Mähen aus dem Preußer Holz in sein Dorf Luckau zurückkehrte, hörte er Azeins Geist und seine unheimlichen »Hehehe«-Rufe. Der Knecht hatte aber keine Furcht, sondern rief ein lautes »Hehehe« zurück. Das erzürnte Azein so sehr, dass er Christwa bis nach Luckau folgte. Noch vor dem Fenster ertönte das »Hehehe«.

Als der Knecht schließlich sah, wie Azeins Spukgestalt über seinem Bett schwebte, bekam er es mit der Angst zu tun. Erst um Mitternacht verschwand der Geist, da war Christwa schließlich in Schweiß gebadet.

Am nächsten Tag erzählte er seine Erlebnisse im Dorf auf dem Spinnerklump. Als er das »Hehehe« aussprach, hörten alle von draußen dicht hinter dem Fenster das »Hehehe«. Es dauerte noch einige Zeit, doch als niemand mit »Hehehe« antwortete, verschwand Azeins Geist.

Die goldene Wiege bei Sallahn

In einem kleinen Berg bei Sallahn soll eine goldene Wiege vergraben sein. Die jungen Bauern aus dem Dorfe berieten sich im Dorfkrug, ob sie versuchen sollten, diesen Schatz zu bergen. Nach einigen Bieren waren sie sich einig, sie wollten der Sage nachgehen und die Wiege suchen.

Am nächsten Morgen fingen sie an zu graben. Gegen Mittag konnten sie schon etwas entdecken. Es leuchtete golden aus der Erde.

Ein Jäger kam vorbei und grüßte, er erhielt aber keine Antwort, so vertieft waren die Burschen beim Graben. Auch als ein Mann mit einem Bein an Krücken sie ansprach, erhielt dieser keine Antwort, so intensiv arbeiteten sie.

Eine kurze Zeit später geschah etwas Seltsames: Zwei Hähne zogen einen Wagen an ihnen vorbei, der mit Heu beladen war.

Einer der Bauern rief: »Doa kümmt de Düwel.« In diesem Augenblick verschwand der Wagen mit dem Heu und den Hähnen, die Wiege stürzte in die Tiefe und verschwand wieder im Erdreich. Seitdem hat niemand mehr versucht, die Wiege zu heben.

Die verwunschene Mühle

Am Rande von Lüchow stand einst eine Windmühle. Niemand durfte diese Mühle betreten. Das Korn wurde an der Tür abgelegt, am nächsten Morgen stand dort ein Sack mit Mehl zum Abholen bereit. Egal, wie viel Korn vor die Tür gestellt wurde, am nächsten Morgen war alles verarbeitet.

Es ging nicht mit rechten Dingen zu, denn nie konnte man erkennen, ob in der Mühle auch wirklich gearbeitet wurde. Am Tage standen die Mühlenflügel still. Erst in der Nacht drehten sie sich so schnell, als ob der Wind sie antrieb.

In den Dörfern erzählte man sich, dass diese Mühle vom Teufel betrieben wurde, denn bezahlen musste man auch nichts für das Mehl. Um sich ein wenig abzusichern oder freizukaufen, legten die Bauern Brot, Wurst, Eier und Speck vor die Tür. Der Volksbrauch sagt, dass dann der Teufel keine Macht über sie hätte.

Eines Tages kam ein Wanderbursche, der eine Stelle suchte, an der Mühle vorbei. Es war schon dunkel, als er die Mühle entdeckte. Die Mühlenflügel drehten so stark, als wenn sie sich selbst überholen wollten. Der Wanderer wunderte sich sehr, da es vollkommen windstill war. Es regte sich kein Lüftchen.

»Das muss ich näher betrachten«, dachte er und ging auf die Mühle zu. Doch als er die Tür öffnen wollte, um einzutreten, gab es einen hellen Schein und die Mühle war verschwunden.

Seit diesem Tage mussten die Bauern ihr Korn bei der Mühle im nahen Kolborn malen lassen.

Spuk, Geister und Gespenster

Der Moard

Der Moard war als Druckgeist bekannt. Er legte sich nachts wie ein Stein auf die Brust des Schlafenden, so dass der Betroffene kaum atmen konnte. Im Volksglauben gab es mehrere Möglichkeiten, um ihn abzuwehren. Wenn man schlafen ging, sollten die Latschen so am Bett stehen, dass man morgens gleich hineinschlupfen konnte. Hatte man es vergessen, so half es, wenn sich der Moard auf die Brust gelegt hatte, »Herr Jesu help« zu rufen. Das Moardrügg'n (Magendrücken) stellte sich auch häufig nach bösen Träumen ein. Meist spielten Verstorbene dabei eine Rolle. Auch hier half der Ausruf: »Herr Jesu help!«

Der Spuk in Weitsche

Nicht weit von Lüchow entfernt liegt das Dorf Weitsche. Man nannte Weitsche auch Wasserort, denn rund um das Dorf befanden sich riesige Flächen, die mit Wasser bedeckt waren.

In dunklen Nächten sah man manchmal einen weißen Schimmel über das Wasser schweben. Durch die Wasser führte nur ein kleiner Pfad, der begehbar war.

Als nun eines Tages im Winter ein Bauer mit einer Handkarre morgens um fünf Uhr den Weg nutzen wollte, sah er den Schimmel ohne Reiter vor sich schweben. Voller Angst lief er zurück ins Dorf, wo er jedem von dieser Begebenheit erzählte.

Doch die Leute glaubten ihm nicht und wollten ihm beweisen, dass er das schwebende Pferd nur in seiner Fantasie gesehen hatte. Sicher war es nur Nebel gewesen. So beschlossen sie, den Weg am nächsten Tag noch einmal gemeinsam abzugehen.

Die Bauern spannten ein Pferd vor einen Wagen und fuhren los. Es war noch dunkel, der Nebel zog über den Weg, als plötzlich das Pferd scheute und nicht zu bewegen war, den Weg weiterzugehen. Einer der Bauern versuchte das Ross zu führen, aber auch dies ging nicht. Das Pferd bäumte sich auf und versuchte, mit dem Wagen zurückzufahren. Schließlich kippte der Wagen um und fiel in das Wasser. Nur mit Mühe konnten die Bauern den Gaul aus seiner missligen Lage befreien. Als man nun über das Wasser schaute, sahen sie das weiße Pferd fast über ihren Köpfen schweben. Voller Angst und Panik hasteten die Dörfler den Weg zurück nach Weitsche.

Der Grenzfrevler

In einem Dorf im Lemgow lebte einst ein großer Bauer. Er war so raffgierig und geizig, dass das ganze Dorf sich gegen ihn stellte.

Der Zaun seiner Koppel war durch einen Sturm umgefallen. Also machte sich der Bauer daran, das Gatter zu reparieren. Da eine ganze Seite zerstört war, beschloss er, den Zaun komplett neu zu setzen. Er schlug die Pfähle jedoch so ein, dass ein Teil der angrenzenden Weide, die ihm nicht gehörte, jetzt zu seinem Grund und Boden abgesteckt war.

Als der Bauer starb, sah man des nachts eine Erscheinung auf diesem Weidestreifen hin- und herschweben. Erst als die Grenze wieder an die ursprüngliche Stelle verlegt wurde, hörte der Spuk auf.

Der Helljäger

Es war eine stürmische Nacht, in der man sich nur gruseln konnte. Der Bauer, die Frau, die Magd und der Knecht saßen in der guten Stube und lauschten dem Sturm, der draußen wütete.

Es klapperte und klirrte, als wenn etwas gegen die Scheiben knallte. Der Bauer stand auf, um nach dem Rechten zu sehen. Er wollte gerade die Tür öffnen, als der Knecht ihn anrief: »Der Helljäger treibt draußen sein Unwesen, sein gruseliges Spiel. Wer hinaus geht, wird vom Helljäger geholt.«

Auch die Frau und die Magd blickten mit ängstlichen Augen und baten den Bauern, nicht das Haus zu verlassen. Doch der Bauer lachte wie ein Ziegenbock und meinte, ihm könnte nichts passieren. Er öffnete die Tür und trat nach draußen.

Als wenn der Helljäger nur darauf gewartet hatte, stürzte er aus den Lüften hinunter und packte den Bauern. Er zog ihn mit hinaus und es half kein Schreien und Zetern, der Windgeist ließ ihn nicht mehr los und jagte mit ihm durch die Lüfte immer wieder rund um das Haus.

Seitdem war der Bauer verflucht und musste bei den stürmischen Nächten in den Lüften um sein Haus jagen.

Droak

Der Droak lebte in den alten Bauernhäusern im Uhlenloch, das ist die Stelle im Giebel, die offen ist. Er kann aber auch durch den Schornstein hereinfliegen.

Wenn der Droak durch die Lüfte zog, hörte man ein surrendes Geräusch. Sah man hoch, erkannte man einen glühenden Wäsboom (Heugabel) mit einem langen Feuerschweif. Oft wird der Droak mit dem Teufel gleichgesetzt.

Wer mehr Glück hatte als andere, eine bessere Ernte und größeren Reichtum, der hatte den Droak unterm Dach wohnen.

Nach volkstümlichem Glauben führte er bei seinem Flug Gold und Geld bei sich. Wenn man ein Taschenmesser über den Droak warf, ließ er Gold und Geld fallen.

Auch wenn man unter einer Dachtraufe stand, rief man ihm zu: »Half Part.« (Halbes

Stück) Dann ließ er all das fallen, was er gerade trug. Wenn man Pech hatte, trug er Mist, den er dann herunterfallen ließ.

Im Haus seines Herrn ging niemals die »Swoartzupp« (Blutsuppe) aus. Der Droak spie die Suppe aus direkt in eine Schüssel.

Wenn ihn ein anderer beobachtete, reagierte er ärgerlich, rief: »Twei Oug'n touvöäl« (Zwei Augen zu viel!) und verschwand. Bei seinem Abziehen setzte er den Hof in Brand.

Das Kornmönki

Dieser Geist trieb sein Unwesen im Kornfeld. Wenn ein Kind ins Kornfeld ging, lauerte dort das Kornmönki. Es krallte sich an dem Kind fest und zwang es, an der eisernen Brustwarze des Korngeistes zu saugen. Es ließ nur ab und verschwand, wenn ein Erwachsener das Kind aus dem Kornfeld holte.

Der schwarze Mann

Wenn Kinder zu nahe an einen Brunnen kamen, zog der schwarze Mann sie in die Tiefe. Die Kinder ertranken jämmerlich.

Der Wiedergänger

Nach dem Glauben der Wendländer schlug die Stunde des Wiedergängers um Mitternacht. Er machte sich oft in Räumen, auf Treppen oder auf dem Dachboden durch starkes Klopfen bemerkbar. Der Spuk verschwand erst dann, wenn der Heimgesuchte sich daran erinnerte, was er dem Toten zu Lebzeiten versprochen hatte. Wenn das Versprechen nun eingehalten wurde, verschwand der Spuk.

Die Unnererdschen, Lütkis

Lütkis lebten auf Bauernhöfen in versteckten Winkeln, oft aber auch unter Holunderbüschen. Auch in Erdhügeln, wo die Asche der Verstorbenen vergraben war, richteten sie sich ein.

Sie waren freundlich und halfen den Bauern, doch wenn man sie verärgerte, verließen sie ihre Behausung und wurden nicht mehr gesehen. Wenn Gefahr drohte, setzten sie ihre Nebelkappen auf und wurden sofort unsichtbar.

Lütkis standen im Ruf, Neugeborene auszutauschen und einen Wechselbalg mit einem riesigen Kopf in die Wiege zu legen.

Auch konnten sie Bier und Schnaps brauen. Beides schmeckte so lieblich und mild, dass kein Brauer es schaffte, diese Getränke nachzubrauen.

Der Spuk in der Heide

Ein Handwerksbursche, der aber auch die Fidel spielen konnte, wollte durch die Heide von Lüchow nach Gartow wandern. Er war schon eine Stunde unterwegs, als es dämmerte. Der Nebel zog über die Wiesen und tauchte den Weg in ein schemenhaftes Licht. Er konnte kaum noch die Büsche erkennen, die wie bizarre Gestalten am Rande standen. Etwas mulmig wurde ihm schon zu Mute.

Um sein Unbehagen zu bekämpfen, nahm er seine Fidel und spielte lustige Weisen. Durch den Nebel sah er in der Ferne helle Punkte, die auf und nieder tanzten. In der Hoffnung dort auf Menschen zu treffen, ging er auf die Lichter zu. Doch je näher er kam, so weiter entfernten sie sich.

Der Handwerksbursche hatte das Gefühl, nicht mehr allein zu sein. Wie ein Blitz huschte etwas über seinen Weg. Es sah aus, als wenn ein Kalb ohne Kopf im Nebel verschwand. Ein Frösteln ging durch seinen Körper, die Furcht verschlug ihm den Atem. Es war jetzt so dunkel, dass er kaum seine Hand vor Augen sehen konnte. Fest drückte er seine Fidel an den Hals und spielte immer lauter, um seine Angst zu besiegen. Er sah, dass die Lichter sich im Takt seiner Melodie bewegten. Er ging weiter und spielte auf seiner Fidel ein Stück nach dem anderen und hörte auch nicht auf, als die Irrlichter verschwanden.

Durch den Nebel tauchte ein warmes Licht auf. Schnellen Schrittes ging er weiter und sah schemenhaft einen Hof, an dessen Tür eine

Stalllaterne brannte. Es war der erste Hof des Dorfes Nemitz. Er war in Sicherheit.

Ein großer Hund kam ihm bellend entgegen, ihm folgte der Bauer, der den Burschen mit ins Haus nahm. Als er nun bei einer warmen Suppe das Erlebte erzählte, war dem Bauern das nicht fremd. Der Handwerksbursche war nicht der erste, der diese unheimlichen Erscheinungen in der Heide erlebt hatte. Aus diesem Grunde hüteten sich die Bauern des Nachts, durch die Heide zu gehen.

Der Düwwelsüger oder Tweisüger

In den slawischen Gebieten des Wendlandes glaubte man in alten Zeiten an den wendländischen Vampir, den Düwwelsüger. Er wird oft mit dem Teufel gleichgesetzt. Man sagte auch, dass diese Vampire Menschen waren, die zweimal sterben mussten. Nach dem Volksglauben saugt der Düwwelsüger den Lebenden das Blut aus und holt sie in den Tod. Zu Lebzeiten allerdings konnte nicht festgestellt werden, ob eine Person zum Düwwelsüger werden könnte. Erst nach dem Tode konnte man dies feststellen:

Der Tote behielt rote Backen und Lippen.
Der Körper war nicht steif, sondern weich.
Der Tote sah lebend aus, frisch.
Der Tote polterte im Sarg.
Der Tote schrie auf dem Friedhof.

Die Leichenwäscherin war dafür verantwortlich, dass beim Anziehen der Totenkleidung kein Kleidungsstück in den Mund oder in die Nähe des Mundes kam.

Trafen diese Merkmale zu, ging man davon aus, dass der Tote zum Düwwelsüger wurde. Doch es gab folgende Regelungen, um dies bei Lebzeiten zu verhindern:

Wenn ein Kind einmal von der Brust entwöhnt war, durfte es niemals wieder angelegt werden.

Wenn Mutter und Tochter zur gleichen Zeit ein Kind bekamen, wurde eines zum Düwwelsüger.

Wenn eine Mutter keine Milch hatte und das Kind bei einer anderen Mutter angelegt wurde, die auch ein Kind bekommen hatte, waren beide verdammt zum Düwwelsüger zu werden. Um dieses zu verhindern, sollte die Milch abgepumpt werden.

Jahreszeiten

Pflanzen im Brauchtum des Wendlandes

Endlich wurde es nach dem langen Winter wieder Frühling, die Natur blühte auf. Blumen und Kräuter hatten für die Menschen früher aber nicht nur einen ästhetischen Reiz, sondern vielerlei Bedeutung.

So manches Brauchtum blieb uns von unseren Vorfahren erhalten. So pflückt ein verliebtes Mädchen noch heute ein Gänseblümchen und zupft die Blüten einzeln ab mit den Worten: »Er liebt mich, er liebt mich nicht.«

Mädchen, die wissen wollen, in welche Gegend sie einheiraten werden, schnippen mit den Fingern einen Apfelkern in die Höhe. In welche Richtung der Kern fällt, dort wartet der zukünftige Ehemann auf sie.

Wenn ein Mädchen »Brögamskrut« an ihre Kleidung ansteckt und damit auf die Straße geht, so ist der erste Mann, der ihr begegnet, der Vorname des Zukünftigen oder er ist es vielleicht selbst.

»Brögamskrut« heißt Ackerraute oder Erdrauch. Es wächst als »Unkraut« mit rosafarbenen Blüten.

Der vierblättere Klee ist ein Glücksklee und wer diesen findet, hat viel Glück im Leben. Man nahm ihn, presste ihn und legte den Klee in ein Gesangbuch. Kindern nähte man solche Kleeblätter in die Kleidung. Das half gegen »Versehen« von bösen Mächten.

Legt ein Mann ein vierblättriges Kleeblatt in die Schuhe der Angebeteten, wird er ihr Herz gewinnen. Isst man ein Blatt und denkt dabei an den Auserwählten, wird er nicht abgeneigt sein. Auch soll ein Vierblättriges vor Blitzeinschlag helfen, wenn man es in eine Ecke der Stube legt. Außerdem ist man gegen Zaubereien gewappnet, wenn man das Blatt bei sich trägt.

Findet man ein fünfblättriges Kleeblatt, wird die Liebe im Leben immer vorrangig sein. Ein Siebenblättriges bringt den Tod.

Nimmt man Blätter des Breitwegerichs und zählt die heraushängenden Röhren der Pflanze, so kann man feststellen, wie viele Kinder man bekommen wird. Die langen Enden deuten auf ein Mädchen, die kurzen auf einen Jungen hin. In einigen Gegenden weisen die kurzen Enden auf ein kurzes Leben hin.

Der Spitzwegerich hilft gegen Husten und dient als Desinfektionsmittel, zerkaut man es und legt es auf eine Wunde, heilt diese schneller.

Schulkinder, die wissen wollen, was ihnen in der Schule bevorsteht, entfernen die Ähren vom blühenden Gras und ziehen die Stiele über die Zunge. Brennt es, gibt es Schläge oder Ärger.

Pflanzen mit weißen blattgrünlosen Blättern deuten auf Unglück oder sogar Todesfälle in der Familie hin. Man sollte diese Pflanzen schnell entfernen und vernichten.

Auch der Tulpenbaum (Magnolie) hat seine Bedeutung. Man darf die Blüten aber nicht abschneiden, noch in eine Vase stellen. Das bedeutet einen Todesfall.

Gibt es bei den Obstbäumen eine zweite Blüte im Herbst, könnte es sein, dass ein enges Mitglied der Familie bald stirbt. Dieses Obst sollte nicht gegessen werden.

Manche Pflanzen wirken auch auf Haustiere. Noch heute hängen einige Landwirte

Grasbüschel an die Stalltüren, das sperrt die Hexen aus. Um vor Tierkrankheiten zu schützen, sollte zu Silvester Grünkohl an die Tiere verfüttert werden. Auch sollen Tiere besser gedeihen, wenn ein Strauß Rosmarin im Stall aufgehängt wird.

Osterfeuer und Kraienköst

Überall im Norden ist es heute noch alter Brauch, Holz für ein Osterfeuer zu sammeln. Das Feuer soll den Winter vertreiben und die guten Geister des Frühlings herbeiholen. Die Zeit ist gekommen, da das Land aus der Winterstarre erwacht. Die ersten Blumen stecken ihre Köpfe aus dem kalten Boden. Lämmer, Fohlen und Kälber haben sich auf den Weg gemacht, das Licht der Welt zu erblicken.

Unsere Vorfahren (und manche machen das heute noch) haben auch immer Holunderholz in den Osterfeuerberg mit hineingesteckt, denn Holunderholz ist das Holz der Zwerge. Das ganze Jahr über durfte kein Holunderholz verbrannt werden, doch zu Ostern war es Pflicht.

Damit wurden die Unnererdschen beruhigt, denn mit diesem Holz buken sie ihr köstliches Brot. Es gab auch Leute, die heimlich anstelle von Tieropfern Knochenreste in den Holzhaufen steckten. Am nächsten Tag, wenn das Feuer erloschen war, sammelten sie die Asche in Gefäßen auf.

Denn diese Asche soll eine heilsame Wirkung haben. Wer diese über seine Tiere rieseln ließ, schützte sie gegen allerlei Krankheiten.

Heute ist das Osterfeuer ein Volksfest geworden. Jung und Alt lassen es sich bei Glühwein, Bier und Bratwurst gutgehen. Und so manche Neuigkeit wird weitergegeben und diskutiert.

Kaum war Ostern vorbei, sorgten die jungen Männer für Abwechslung. Nach altem Brauch versammelten sie sich zur Krähenbekämpfung im Dorfkrug. Hauswirte, die es sich leisten konnten, heuerten die jungen Burschen an und beauftragten sie mit der Zerstörung von Krähennestern, denn Krähen waren und sind auch heute noch ein rotes Tuch für die Landwirtschaft.

Nachdem die Arbeit getan war, trafen sich die Jungen auf dem Dorfplatz. Auf einer zwei Meter langen Stange befestigten sie ein Krähennest und legten die gesammelten Eier hinein. Mit diesem Kraienrick zogen die Burschen zum Heischegang durch das Dorf. Einer trug Frauenkleidung, der die gesammelten Gaben, die die Jungen erhielten, in einer Kiepe trug. Es gab Eier, Speck, Wurst und auch Bares. Jeder der Jungen hatte eine Aufgabe, der eine spielte die Handorgel (Andörgol), der andere schenkte Schnaps aus. Mit dem Spruch:

Tain Aier in unser Kiep,
wir sünd arm un jie sünd rick.
Wenn jie uns tain Aier nich gäbn,
schal uns Oahn
de bunt Oihner nich tredn.

Zehn Eier in unsere Kiepe,
wir sind arm und du bist reich.
Wenn du uns deine Eier nicht gibst
soll uns der Hahn
die bunten Hühner nicht treten?

Am Abend trafen sich alle im Dorfkrug. Die Mädchen hatten die Aufgabe, Speck und Eier zu braten, dazu wurde die Wurst gereicht. Die Musik spielte bis in die frühen Morgenstunden zum Tanz auf.

Bräuche und Weisheiten rund um die Ostertage

Die Zeit ist gekommen, da das Land aus der Winterstarre erwacht. Die Natur bietet jetzt Wundermittel am laufenden Band. Die ersten Blumen strecken ihre Köpfe aus dem kahlen Boden. Kätzchen verzieren manchen Baum. Lämmer, Fohlen und Kälber haben sich auf den Weg gemacht, das Licht der Welt zu erblicken.

Enten, Gänse und Hühner sind kräftig in der Eierproduktion, denn das Osterfest steht vor der Tür. So ist überliefert, dass die Speisen am Karfreitag ausnahmslos aus harten Eier bestehen sollten. Nichts anderes durfte den Teller zieren. Diesen Eiern wurde eine ungewöhnliche Kraft zugeschrieben. Wer ein Karfreitag gelegtes Ei bis zu Pfingsten aufbewahrte und es dann in die Heilige Messe mitnahm, konnte Hexen auf ihrem Besen zur Kirche reiten sehen.

Am Karfreitag sollte man außerdem sämtliche handwerkliche Tätigkeiten vermeiden. Auch das Nähzeug sollte im Schrank bleiben, denn wenn man sich beim Nähen mit der Nadel eine Stichverletzung zuzog, würde diese Wunde das ganze Jahr nicht heilen. Dagegen gab es kein Mittel, außer man beträufelte es mit Osterwasser.

Und wer meinte, er musste handwerkliche Tätigkeiten verrichten, der durfte weder Hammer noch Nägel benutzen, denn Christus wurde mit Hammer und Nägel ans Kreuz geschlagen.

Hatte man die Gebräuche des Karfreitags eingehalten, so forderten die österlichen Tage weiteres Seltsames.

Wer Osterwasser holen wollte, musste früh aufstehen, denn nur wer sich schon vor Sonnenaufgang zu einem fließenden Wasser begab und dort eine Kanne gegen den Strom schöpfte, kam in diesen Genuss. Dabei durfte kein Wort gesprochen werden und man sollte auch nicht gesehen werden, sonst verlor das Osterwasser seine heilsame Wirkung. Das segensreiche

Wasser konnte ein Jahr lang jegliche Wunden heilen.

Die ländliche Bevölkerung ging sogar so weit, das Vieh mit dem Wasser zu besprengen, damit es seuchenfrei blieb. Füllte man das Osterwasser in eine Viehtränke, so konnte man bösen Frauen die Macht des Verhexens nehmen. Mit einem Spritzer des Heilwassers konnte man auch Ameisen den Garaus machen.

Kinder, die an einem Ostertage getauft wurden, tröpfelte man einen Tropfen auf die Stirn, so sollte das Kind keine schweren Krankheiten erleiden.

Ein anderer Brauch fand nicht das Wohlgefallen der Kirche. Häufig wurde in unserer Region zu Ostern ein Bock geschlachtet und mit dem Blut ein Kreuz an die große Tür gezeichnet, um das Glück im Hause zu halten.

Hagelfeier

In einigen Ortschaften des Wendlandes wird noch heute der Hagelfeiertag in Ehren gehalten. Er besteht aus einem kirchlichen und einem weltlichen Teil. Der kirchliche Part beginnt mit einer Bittpredigt um gute Ernte und Verschonung vor Unwettern. Der fröhliche Teil besteht aus einer Feier, bei dem Branntwein und Bier dazugehören.

Am Hagelfeiertag sollte nicht gearbeitet werden. Bei Nichteinhalten der Arbeitsruhe würde die Ernte verhagelt.

Es wird überliefert, dass einmal ein Bauer am Hagelfeiertag sein Flachsfeld bearbeitete. Ein Hagelschlag vernichtete daraufhin in diesem Jahr nur dieses eine Feld. Alle anderen Felder blieben verschont.

Die von der Bauernschaft gewählten »Zuchtmeister« hatten darauf zu achten, dass an diesen Feiertagen nicht gearbeitet werden sollte. Wer sich widersetzte, hatte eine halbe Tonne Bier (Kollektenbier) zu bezahlen, welches dann gemeinsam ausgetrunken wurde.

Einige Dörfer legten den Hagelfeiertag auf den 1. Mai (Woltersdorf, Zebelin, Trebel, Schweskau, Trabuhn und Schmarsau), andere wiederum auf den 24. Juni (Prezelle), 29. Juni (Blütlingen), 24. Juli (Lübbow) und 10. August (Lichtenberg). Es folgte eine Flurbegehung über die Felder.

In einigen Gegenden wurden Opfer zum Schutze der Saat dargebracht. Anschließend gab es ein Zechgelage auf das Wohl der Ernte. Viele dieser Bräuche sind in das Ritual der Kirche aufgenommen und im christlichen Glauben geformt worden, wie eine Flurbegehung (Prozession) im katholischen Glauben.

Einige Pastoren weigerten sich, den Bittgottesdienst am Hagelfeiertag abzuhalten, da das anschließende Zechgelage nicht im Sinne der Kirche war. Dafür bekamen sie aber von jedem Bauern sechs Eier für das Abhalten des Bittgottesdienstes.

Kreuz- und Kronenbaum

Unsere wendischen Vorfahren verehrten den Kreuz- und Kronenbaum. Beide gab es in fast jedem Dorf. Der Kreuzbaum war immer eine gerade hohe Eiche, auf deren Spitze ein Kreuz stand und darüber befand sich ein hölzerner Hahn. Den Einwohnern kleinerer Dörfer genügte eine einfache Stange statt der Eiche. Eigentümlich an der ganzen Sache war, dass der erste Kreuzbaum einfach nur aufgerichtet und nicht weiter bearbeitet wurde. Er stand so lange, wie es ihm möglich war. Blies ihn zum Beispiel ein Sturm um, durfte vor Christi Himmelfahrt kein neuer aufgestellt werden.

Dann aber zog das gesamte Dorf ins Holz und suchte eine passende Eiche aus. War die Wahl erfolgt, musste jeder Hauswirt ihr eine bestimmte Anzahl von Axthieben beibringen. Warum und wie viele ist leider nicht überliefert. Es ist auch nicht herauszufinden, was passierte, wenn der Baum schon fiel, bevor jeder zugeschlagen hatte, oder immer noch stand, nachdem alle ihre Axt hineingetrieben hatten. Doch war die Eiche gefallen, lud man sie auf einen Wagen und jeder bedeckte sie mit einem Kleidungsstück. Dann wurde sie dort abgeladen, wo sie stehen sollte, und aufgerichtet.

Ein Zimmermann bekam den Auftrag, die Eiche vierkantig zu behauen. Dann schlug er kreuzweise Löcher hinein, in die er Holzpflöcke steckte, damit der Baum bestiegen werden konnte. An der Spitze wurde das Kreuz mit dem Hahn befestigt. Nun war es an der Reihe des Ältesten oder des Dorfschulzen, auf den Baum zu steigen, Kreuz und Hahn mit Bier zu begießen. Danach wurden alle Tiere aus diesem Ort um den Baum herum getrieben, weil man glaubte, sie so segnen zu können. Anschließend wurde gefeiert und neun bis zehn Tonnen Bier getrunken.

Erhalten geblieben ist ein Schriftstück des wendischen Chronisten Parum Schulze, der die Errichtung eines Kreuzbaumes noch miterlebt hat (wahrscheinlich gegen 1725). Er schrieb: »Da ich noch ein Knabe war, da stunden in allen Dörffern hohe lange aufgerichtete Bäume oben ein Quärholz gleich einem Creutzen ganz obern eine eiserne Stange mit einem Weyerhahn von unten auf an zweyen seyten mit hölzer langen Nägeln innen geschlagen das man könnte oben bei den hauen inansteigen. Wen der Baum in Dorff ist in Eingefahren alßdann haben die Weiber viele lackens ingegen gebracht, das sie den Baum gantz bedecket gehabt, das man ihn überal nicht hat sehen könen. Dieses hat meine Mutter gesehen, alß sie ein klein mägden gewesen und Eine soche Jubelgeschrey und große Fest haben sie gehalten in Sauffen und Tantzens und das Etliche Tage indurch in Carmitz ist dieses geschehen.«

Vom Kreuzbaum unterschied sich der Kronenbaum.

Ob er auch in allen Dörfern stand, kann nicht mit Bestimmtheit gesagt werden. Doch vermutlich war es so. Wenigstens wird es aus den Dörfern Bülitz und Rebenstorf überliefert. Der Kronenbaum wurde im Juni – meist am Johannistag (24. Juni) oder Mariä Himmelfahrt (15. August) – errichtet.

Schon am Tage zuvor zogen alle Dorfbewohner ins Holz, um eine hohe, schlanke Erle zu finden und zu fällen. Der Baum wurde dann völlig abgeschält. Nur die Spitze behielt Rinde, Blätter und Zweige, so dass sich eine Krone herausbildete. Daher stammt der Name Kronenbaum. Am Tag darauf schoben die Frauen das Vordergestell eines Wagens in den Bruch und luden den Stamm auf. Die Krone hielten sie sorgsam nach oben, damit unter keinen Umständen irgendwelcher Schmutz darankam. Denn häufig genug ging es durch sumpfiges Gelände. Gelangte der Zug ins Dorf, erhob sich ein irres Freudengeschrei. Alle Männer kamen nun zusammen, stießen den alten Kronenbaum um (manchmal stand er noch aus dem Vorjahr) und verkauften ihn für zwei Schillinge. Das Geld bekamen die Frauen, die den neuen besorgt hatten. Anschließend schmückten alle gemeinsam die neue Krone mit bunten Bändern. Dann richteten die Männer den neuen Baum an der Stelle auf, an der schon der alte gestanden hatte.

Himmelfahrt oder Vatertag

Christi Himmelfahrt fällt immer auf einen Donnerstag. Traditionell findet dieser Tag vierzig Tage nach dem Osterfest statt. Der Feiertag wird im Neuen Testament erwähnt, im Lukas-Evangelium und in der Apostelgeschichte. Darin wird berichtet, dass sich Christus nach seiner Kreuzigung vierzig Tage lang den Jüngern zeigte und danach in den Himmel zur rechten Hand Gottes aufstieg. Auch wird dieses Ereignis bei Matthäus, Johannes, Epheser, Thessalonicher und Hebräer beschrieben.

Drei Tage vor Christi Himmelfahrt wurde früher mit einem Bittgottesdienst für eine gute Ernte gebetet. Aus jeder Familie sollte mindestens eine Person den Gottesdienst samt Abendmahl besuchen, ansonsten könnte ein Gewitter kommen, der Blitz würde einschlagen und den Hof zerstören.

In der Himmelfahrtswoche sollte man nicht säen, auch keine Bohnen oder Erbsen pflanzen. Das bringt Unglück.

Auch sollte man nicht nähen, denn wenn man sich sticht, heilt die Wunde das ganze Jahr nicht.

Kräuter, die an diesen Tagen gesammelt werden, haben eine besondere Heilkraft. Hängt man diese in den Viehstall, gedeiht das Vieh und die Kälber und Ferkel werden von keiner Krankheit befallen.

Warum sich aus dem Himmelfahrtstag der »Vatertag« entwickelte und zu einem Männerausflugstag ist nicht überliefert. Es könnte jedoch eine Erklärung sein, dass die Jünger zum Ölberg gegangen sind, um sich von Jesus zu verabschieden, der dann in den Himmel aufstieg.

Vielleicht war es aber auch die Einführung des Muttertags im Jahr 1908, die dazu führte, auch einen Vatertag zu benennen.

Pfingsten

Der Name Pfingsten leitet sich von dem griechischen Wort *pentekoste* ab. Es entwickelte sich *paintekoste* und wurde somit im Mittelhochdeutschen Pfingesten, heute Pfingsten.

Pfingsten ist das Fest des Heiligen Geistes, Gottvater und Sohn – eben die Dreieinigkeit. Im 5. und 6. Jahrhundert erzählten schon Sagen und Geschichten von glanzvollen Pfingstfesten. Mit Pfingsten endet die österliche Zeit.

Im Wendland sind viele Bräuche aus der Vergangenheit überliefert worden und werden sogar manchmal heute noch gepflegt.

Zum Auftakt des Pfingstfestes wurden alle Dönzen (Stuben) weiß gekalkt, alles musste rein und weiß sein, nur so wurde es ein gutes Pfingstfest.

Der wendländische Brauch zu diesem Fest ist ein Hirtenbrauch. In der Nacht vor Pfingsten fingen die »Korrer« (Hirten) an, mit ihren Peitschen zu knallen. Dies konnte bis in die frühen Morgenstunden gehen.

Auf den Höfen wurden alle Türen offen gelassen. Auf einem Tisch standen Kuchen, Schnaps und Bier bereit. Die Burschen des Dorfes nahmen die Gaben an und stellten dafür Maigrün (Birkenzweige) vor die Tür.

Am Pfingstmorgen, wenn die Korrers ihr Vieh auf die Weide trieben, achtete man darauf, wer als letzter auf der Weide ankam, der wurde das Pfingstkalb oder der Pfingstochse. Er bekam eine Zipfelmütze auf den Kopf gesetzt und wurde in einem mit Birkengrün geschmückten Wagen durch das Dorf gefahren.

Der erste, der sein Vieh auf die Weide trieb, war der Dausläper (Sieger), der zweite der König und der dritte der Prinz.

Nach einem anderen Brauch wurde derjenige das Pfingstkalb, wer am Pfingstsonntag als letzter seine Milchkannen an die Milchbank stellte. Er wurde auf eine Schiebkarre gesetzt, die mit bunten Bändern geschmückt war, und mit Musik durch das Dorf gezogen. Zur »Strafe« musste für alle Schluck und Bier ausgegeben werden.

Einige Tage vor Pfingsten gingen die jungen Mädchen im Dorf herum und sammelten alte Flicken, zerrissene Hemden und Wäsche. Daraus nähten sie eine Puppe und brachten diese dem Schäfer. Das Schaf des Bauern, der eine kleine Tochter hatte, wurde ausgewählt.

Die Mädchen banden dem Schaf die Puppe auf den Rücken und trieben es mit der Herde auf die Weide.

Am Abend, wenn die Herde zurückkehrte, bekam das Kind des Bauern die Puppe als

Geschenk. Die Näherinnen bekamen vom Bauern eine Geldgabe, die dann von den jungen Leuten im Dorf vertrunken wurde.

In einigen Dörfern war es Brauch, eine Strohpuppe zu fertigen.

Die Mädchen des Dorfes nahmen die Puppe, tanzten mit ihr im Kreis und warfen sie nach einigen Tänzen den Jungen zu, die am Rande standen, die Puppe auffingen und sie dann verbrannten. Nun durfte jedes verliebte Paar einen Tanz um und über das Feuer machen, so gingen alle lieben Gedanken in Erfüllung.

Ob Stroh- oder Flickenpuppe, die Puppe symbolisiert den Frühlingssegen.

Dann gab es in einigen Dörfern noch das Utmaiergeld und das Brennergeld. Utmaien bedeutet ausschmücken.

Vor jedem Hof wurde Maigrün aufgestellt. Dafür bekamen die jungen Männer ein Utmaiergeld. Wer nicht bereit war zu zahlen, dem wurde ein Strohwief, ein Strohweib, an die Tür der Diele gebunden. So konnte im Dorf jeder erkennen, wie großzügig oder geizig der Bauer war.

Außerdem war es üblich, Heischegänge (Bettelgänge) zu verrichten.

Mit dem folgenden Spruch gingen die jungen Leute von Tür zu Tür:

So kommt heraus, so kommt heraus,
so fahre das Unglück zum Giebel hinaus.
Eins, zwei, drei Stück Speck,
dann gehen wir wieder weg.

Brennerabend

Noch heute ist es üblich, dass in Lübbow am Sonnabend vor Pfingsten der Brennerabend gefeiert wird. Nach Sonnenuntergang treffen sich die unverheirateten Burschen mit einem Bollerwagen und mehreren Büscheln Brennnesseln in der Dorfmitte. Dann ziehen sie los zu den Häusern der unverheirateten Mädchen.

Sollte ihnen schon auf dem Weg ein unverheiratetes Mädchen begegnen, wird es gejagt und mit den Brennnesseln »gebrannt«. Allerdings gelten die Mädchen erst nach der Konfirmation als unverheiratet. Zuerst werden die Höfe und

Häuser des Unterdorfes besucht, anschließend wird ins Oberdorf gezogen. Die Jungen stellen sich vor die Tür und geben das Lied zum Besten: »Das wir aus Lübbow sind, hallihallo …«

Vor der Tür sind Gaben aufgestellt, meistens Schluck und Bier, dann ist das Mädchen vom »Brennen« befreit. Hat man mehrere unverheiratete Töchter, so muss für jede eine Flasche gegeben werden. Die Bedeutung des Brennens im Volksglauben ist Fruchtbarkeit. Auch gilt es als Liebeszauber. Sollte nichts vor der Tür stehen, versuchen die Jungen das Mädchen aus dem Haus zu locken und mit Brennnesseln zu brennen.

Sind alle Häuser der unverheirateten Mädchen besucht worden, geht es weiter zum »Schäferstein«. Der Älteste der Jungen steigt auf den Stein und ist verpflichtet, die Sage vom Schäferstein zu erzählen. Zum Abschluss ziehen die unverheirateten Burschen wieder in die Mitte des Dorfes. Hier klingt der Abend mit den eingesammelten Gaben aus.

Bis heute ist es üblich, ein besonderes Pfingstbier zu brauen. Dazu wird ein Saal oder eine Scheune mit Birkengrün geschmückt und dient als Pfingstbierort. Dort treffen sich Jung und Alt, um mit Musik und Tanz bis in die frühen Morgenstunden zu feiern.

Am 2. Pfingsttag fand das Kranzjagen statt. Dabei handelt es sich um ein Wettreiten der Jungen auf ungesattelten Pferden. Alle Teilnehmer und auch die Pferde wurden mit buntern Bändern geschmückt. Eine Wiese diente als Rennplatz.

Am Ziel hingen Kränze aus Laub an einer Stange. Wer beim Reiten mehrere aufnahm, wurde zum König gekrönt und bekam einen Kranz aus den Händen des Mädchens seiner Wahl. Der zweite Sieger war der Diener, der nur einen Strauß bekam, der letzte war der Pracher. Er musste nach dem Rennen mit einer Kiepe umhergehen und bei allen Zuschauern Geld, Würste, Eier, Speck und Schnaps einsammeln. Am Abend gab es dann ein Fest mit Musik und Tanz.

Nach dem Krieg gab es wenige Pferde. Als Kind habe ich noch erlebt, wie die Burschen das Pfingstjagen auf Fahrrädern austrugen. Die Räder waren mit Bändern und Birkengrün geschmückt und ab ging die rasante Fahrt über die Wiese.

Auf dem Markt zu Satemin

Auf dem Markt zu Satemin,
danz ick doa mit mien Cathrin.
Auf dem Criwitzer Johannismarkt
Ich in dich verliebet ward.
Auf dem Trebeler Erntebier
Ich mich hab verliebt in dir.

Diesen Spruch findet man auf vielen Hutschachteln.

Märkte gab es in großer Vielzahl, doch der wichtigste war der Kiekelmarkt in Satemin.

Er fand am 13. Juli statt.

Satemin war dann voller Buden, der Bäcker, der Seiler, der Hutmacher, der Schmied, alle waren vertreten. Die Marktlü (Marktleute) kamen aus allen Teilen des Wendlandes, aus Uelzen und Lüneburg und priesen ihre Waren an.

Die Mädchen putzten sich in ihrer prächtigen Tracht heraus, um sich den Burschen in ihrer ganzen Schönheit zu zeigen. Die heiratsfähigen Jungen sollten sehen, was sie besaßen, viel mehr

– wie groß ihre Mitgift war, die sie zur Hochzeit mitbringen würden.

Jeder Bursche konnte schon an den Trachten der Mädchen sehen, »was de an de Foot hebben«. Die Seidentrachten, Schürze und Tuch waren kostbar, die konnten sich einfache Mädchen nicht leisten. Statt Seide trugen sie eine weiße Leinenschürze und manchmal auch ein kleines Anstecktuch aus Seide.

Die Kappen der heiratsfähigen Mädchen waren immer rot, denn schwarze Kappen waren für die Alten oder verheirateten Frauen vorgesehen. Die Schleifenbänder, die an der »Timpmütz« am Hinterkopf hingen, waren mit Perlen und Pailletten bestickt. Je mehr bestickt war, umso reicher war das Mädchen.

Die »Geldkatzen«, die die Burschen in den Hosentaschen trugen und aus der Tasche raushängen ließen, waren mit Münzen prall gefüllt. So konnte auch das Mädchen sehen, wie reich der Auserwählte war. Auf jedem Hof gab es Musik und für das Tanzen bezahlte man gute Groschen. Bis in die frühen Morgenstunden wurde getanzt, gelacht und auch viel Bier getrunken.

Wenn sich ein Paar gefunden hatte, trat nun der Friewarwer (Freiwerber) oder »een oll Wäsch« (eine ältere Frau, die eine beredte Zunge hatte) auf den Plan. Für ein Zustandekommen einer Heirat waren die Eltern ausschlaggebend. Die Besitzverhältnisse mussten stimmen. Wenn alles geregelt war, konnte die Verlobung (Löfft) geplant werden.

Fro-Godendeels-Dag

Noch heute wird in Schnega der Godendeelsdag in abgeändeter Form gefeiert.

Unsere Vorfahren verehrten den Gott Wodan, seine Gemahlin, Frau Gode, sorgte dafür, dass das Korn reif wurde und die Früchte der Felder gut gediehen.

Morgens schon ging es mit Musik zum Feld. Der Bauer, bei dem das Godendeelfest gefeiert wurde, ließ einige Roggenhalme beim Mähen stehen. Er band diesen zu einem Strauß und verzierte ihn mit Blumen. Wenn das Korn so weit abgemäht war, ging es ins Dorf zurück.

In der Zwischenzeit hatte sich schon Alt und Jung auf dem Dorfplatz versammelt. In Reih und Glied aufgestellt, marschierten alle mit Musik durchs Dorf. Vorneweg gingen die Bauern. Sie trugen einen Korb mit Branntwein und Kuchen. Es folgten die Mäher und Binder.

Einer der Mäher trug eine mit blumengeschmückte Sense. Danach ging es zurück zum Feld und die Musik spielte zum Tanzen auf. Der Vormäher begann mit einer Binderin den Tanz. Es folgten alle Mäher und Binder/innen. Nun war es an der Zeit, den stehengelassen Roggenstrauß umzumähen.

Der Besitzer des Feldes nahm die geschmückte Sense und trennte mit einem Hieb den Strauß ab. Nun wurde der Kuchen angeboten, die Branntweinflasche wurde reihum gereicht und jeder nahm einen kräftigen Schluck. Wieder ins Dorf zurückgekehrt, versammelten sich die Dorfbewohner auf dem Dorfplatz. Die Musik spielte einen Choral und alle stimmten ein: »Nun danket alle Gott.« Nach dem Mittagessen traf man sich wieder gegen 17 Uhr im Wirtshaus.

Die Musik spielt zum Tanz auf. Zuerst bekam der Vormäher, dann der Bauer, der das Feld bestellte, den ersten Ehrentanz, danach, jeweils drei Tänze für die Binder und Mäher. Es wurde gefeiert bei Branntwein und Braunbier bis in die frühen Morgenstunden.

Martinstag

Am 11. November ist der Martinstag. Er erinnert an den Heiligen Martin von Tours, der seinen Mantel mit einem armen Bettler geteilt hat. Zu Ehren von Martin Luther erinnern die Protestanten an diesem Tag an den großen Reformator, der im Jahre 1483 einen Tag vor dem Martinstag geboren wurde und daher den Namen Martin erhielt.

> »Matten, Matten, Herrn,
> Appel un de Bärn,
> Nöte mag ick gern.
> Lat mi nich so lange stahn,
> ick will ok een Hus wiedergahn.«

So klingt es noch heute, wenn die jungen Leute im Wendland am 11. November von Haus zu

Haus ziehen, um Gaben zu sammeln. Wer nichts gibt, wird verspottet mit den Versen:

»Witten Hohn, swarten Hohn,
de oll Hex, de giwt nich gern.«

Der Martinstag – Martini – bildet den Schluss des bäuerlichen Jahres. Die Wintersaat ist bestellt, nun kann man in Ruhe auf den Winter zugehen. Früher war der Martinstag der Zinstag. Mancher Hahn, manches Huhn und manche Gans wurde an diesem Tage der Gutsherrschaft oder Kirche als Steuer entrichtet. In einigen Gegenden war dies der Anlass zu einem Volksfest.

Die alten Götter sind vergessen und an Wodans Stelle ist der heilige Martin getreten. In alter Zeit ritt der heilige Martin auf einem weißen Pferd (Symbol für den kommenden Winter mit viel Schnee) und beschenkte die Kinder mit Äpfeln, Nüssen und allerlei Naschzeug. Heute reitet er nicht mehr und verteilt auch nicht seine Gaben, doch in vielen Orten ist der schöne Brauch noch nicht vergessen.

Rauhnächte
Die Zeit zwischen den Jahren (also zwischen Weihnachten und Silvester) nennt man die Rauhnächte oder auch Rauchnächte.

Die Rauhnächte galten als gefährlich und geheimnisvoll. In diesen wilden Nächten ereignete sich Unheimliches oder Unerklärliches. Wer bei Sturm vor die Tür ging, wurde vom Helljäger gepackt und in die Luft gezogen und musste an der wilden Jagd teilnehmen. Der Helljäger tobte auf einem weißen Pferd umgeben von seinen Hunden durch die Lüfte. Wenn die Türen offenstanden, stürmte er hinein und ließ einen schwarzen Hund zurück, den man nicht wieder loswurde.

Zu Beginn der Rauhnächte, die vom 25. bis 31. Dezember gehen, wurden gereinigte Häuser und Ställe mit Weihrauch ausgeräuchert oder besprengt. So sollten Dämonen abgehalten werden, sich auf dem Hof einzunisten. Anschließend durften die Türen nicht mehr geöffnet werden.

Es gibt Gebote für diese Zeit: So sollte keine Wäsche gewaschen werden, denn sonst kommt

Unglück oder auch der Tod in das Haus. Schulden sollten beglichen sein, sonst wird man immer wieder damit zu kämpfen haben. Ausgeliehene Gegenstände mussten zurückgegeben werden. Unerledigtes sollte erledigt werden. Man sollte keine Verwünschungen aussprechen, sie könnten in Erfüllung gehen, denn dann stand man mit dem Teufel im Bunde und dieser könnte denjenigen für seine Zwecke missbrauchen. Dagegen konnte man nichts tun.

Auch sollte man während der Rauhnächte auf gute und böse Vorzeichen achten. Wenn sich eine Eule oder ein Käuzchen auf das Haus setzte und das »Kiewitt« rief, bedeutete es Tod.

Eine schwarze Katze, die jemandem über den Weg lief, konnte den Tod bedeuten. Ein streunender Hund, der vor der Haustür bellte, sollte nicht hineingelassen werden. Wenn doch, wäre Streit und Zank im Hause angesagt. Als Abwehr gegen diese üblen Vorzeichen half oft ein kirchlicher Spruch.

Amulette brachten und bringen den Menschen Sicherheit vor allem Ungemach, so glaubt man auch heute noch. Oft waren es Tierzähne, die man an einem Band um den Hals trug.

Sträuße aus Kräutern legte man unter das Kopfkissen und hängte diese auch in die Ställe.

Ein Geschenk eines geliebten Menschen, wie ein Ring oder eine Kette, konnte Wunder bewirken. Diese Amulette sollten Schutz vor Krankheiten und Dämonen sein.

Einige Bräuche sind auch heute noch erhalten, doch vieles ist vergessen worden.

Bräuche

Sitten und Gebräuche zur Geburt

Schon in der Schwangerschaft gebietet der Volksglauben ein »richtiges« Verhalten für die werdende Mutter. Sie hatte sich nach bestimmten Regeln zu richten, sonst bestand die Gefahr, dass sich das Neugeborene nicht normal geistig wie auch körperlich entwickelte. Zwischen Schwangerschaft, Geburt und Taufe konzentrieren sich zahlreiche Riten, vorwiegend auf Analogievorstellungen beruhend, sollen sie bewirken, dass das Neugeborene nur zur guten Seite hin beeinflusst wird. Im Volksglauben ist es wichtig, bestimmte Handlungen zu unterlassen.

So sollte eine Schwangere niemals durch ein Schlüsselloch sehen, sonst wurde das Kind schielen.

Beim Schlachten war es die Aufgabe der Frauen, das Blut zu rühren. Dieses mussten sie unterlassen, sonst bekäme das Kind rote Augen. Wenn eine Schwangere auf ihren Zustand angesprochen wurde, durfte sie diesen niemals verleugnen, sonst bliebe das Kind stumm. Beim Kochen sollte sie vermeiden, dass Suppe oder Soße spritzte, sonst bekäme das Kind hässliche Male.

Zu vermeiden war auch das Mohrrübenputzen, das Kind würde unter Sommersprossen leiden.

Aß die werdende Mutter zweidottrige Eier kämen Zwillinge zur Welt. Das Scheuern der Küche musste sie anderen überlassen, das Kind würde sonst schmierig werden.

Um bei dem Kind eine Engbrüstigkeit zu vermeiden, durfte die Schwangere niemals aus einer Flasche trinken.

Niemals sollte sie bei schlechtem Geruch die Nase zuhalten, sonst riecht das Kind aus dem Mund.

Im Volksglauben nahm man an, dass ein Kind im Mutterleib schon »versehen« (d.h. versehen – verzaubert) werden kann.

Um dem entgegenzuwirken, durfte eine Frau in der Schwangerschaft niemals einen »Bruker«, einen Besprecher, aufsuchen.

Auch durfte sie für ein anderes Kind in der Zeit nicht Taufpatin sein. Es würde Unglück über das werdende Leben bringen. Es könnte Behinderungen jegliche Art davontragen.

Wichtig war auch das erste Waschwasser des Neugeborenen. Es galt als Heilmittel. Wurden andere Kinder oder Kinder aus erster Ehe darin gebadet, so wären sie miteinander gut verträglich. Es gäbe keinen Ärger. Die Hebamme legte außerdem ein Geldstück ins erste Waschwasser, das Resultat wäre, das Kind würde ein sparsamer, ehrlicher Mensch werden.

Nach dem Volksglauben kommt der Zeitpunkt der Geburt eine schicksalshafte Bedeutung zu. Donnerstagskinder wie auch Sonntagskinder sind mit dem »Zweiten Gesicht« behaftet. Sie können im Voraus sehen. Auch glaubte man, dass hiervon ebenfalls die Kinder betroffen waren, die am Heiligen Abend zwischen 23 und 24 Uhr geboren wurden. Wenn diese nachts um die gleiche Zeit nach draußen gingen, könnten sie im Voraus sehen, was im Dorf in nächster Zukunft geschehen würde.

Zwischen Geburt und Taufe glaubte man, dass das Kind den Dämonen ausgeliefert war. Es konnte auch passieren, dass die Unnererdschen, die Zwerge, das Kind fortnahmen und einen Wechselbalg zurückließen. Aus diesem Grunde ließ man an der Wiege Tag und Nacht ein Licht brennen und streute um die Wiege Buchweizengrütze.

Außerdem legte man in die Wiege ein Messer oder eine Schere. Durch die Schneide wurden die Unnererdschen abgewehrt. Besucher näherten sich nur mit den Worten »Gott segne es.«

Niemals durfte das Kind mit einem Engel verglichen werden, es galt als Frevel und würde nur Schaden anrichten.

Es liegt die Vermutung nahe, dass als Ersatz des Kindesopfers an die Totengeister die Nachgeburt vergraben werden musste. Oft dort, wo weder Mond noch Sonne hinscheinen konnten. In einigen Gebieten nahm man zum Vergraben der Nachgeburt auch einen Rosenstrauch oder Holunderbusch, denn dort lebten die Unnererdschen und sollten besänftigt werden.

Auch der Nabelschnur wurde eine besondere Bedeutung gegeben. Legte die Mutter diese nach der Geburt zum Trocknen in den Schrank, so verheilte die Nabelwunde gut. Legte man die Nabelschnur hinter den Altar, so wurde das Neugeborene ein gläubiger Mensch. Legte man sie zu einem geschlossenen Kreis und ließ das Kind hindurchsehen, würde es gut lernen können. Auch nahm man die getrocknete Nabelschnur und legte, wenn das Kind in die Schule ging, diese in ein Buch als Lesezeichen. Das Kind würde sehr klug werden.

Waren in der Familie schon Kinder gestorben, durfte das Neugeborene niemals diese Namen erhalten, sonst brachte es Unglück und Tod. Um sicher zu gehen, dass das Kind leben werde, bekam es den Namen oder Beinamen Erdmann oder Erdine, das sollte die Sterblichkeit beeinflussen.

Taufsitten

Den Tauftermin legte man so früh wie möglich, oft schon auf den Tag nach der Geburt. Gewisse Tage aber, wie z.B. der Sonntag und mancherorts auch der Donnerstag, mussten ausgespart werden, wenn man das Kind vor dem »Zweiten Gesicht«, der Unheilsgabe, etwas vorhersehen zu können oder zu müssen, schützen wollte.

Früher war es üblich, dass die Mutter vor ihrer Aussegnung das Haus nicht verlassen und die Kirche nicht betreten durfte. Diese im altchristlichen Gedankengut (vgl. 3. Moses,12) wurzelnde Sitte, wonach die Wöchnerin durch das Gebären »unrein« war und am Gottesdienst nicht teilhaben durfte, gibt es heute kaum noch. Die Mutter darf zwar der Taufe beiwohnen, das Kind muss aber von der »Boamudda« (Hebamme) getragen werden, die auch beauftragt war, die »Gevadder« (die Taufpaten) zu bestimmen. Eine Taufpatenschaft durfte nicht abgelehnt werden.

Vor der Taufe wurde das Kind aus dem Fenster gereicht. Einmal um das Haus getragen und dann wieder durch dasselbe Fenster hineingereicht.

Die Taufgesellschaft verließ das Haus durch die Hoftür, nicht wie bei Beerdigungen durch die Dielentür. Der älteste Pate trug das Kind aus dem Haus, damit es sehr alt werden sollte. Bei der Rückkehr aus der Kirche trug der jüngste Pate das Kind ins Haus, denn es sollte flink werden wie er. In manchen Orten trug er es als eine Art Aufnahmeritus beim Heimkommen einmal um den Tisch.

Der Kutscher hatte an seiner Peitsche ein rosa oder blaues Band gebunden, damit auch zu erkennen war, ob eine Junge oder ein Mädchen getauft wurde.

Eine Reihe von Taufsitten erinnert an Vorstellungen eines Analogiezaubers oder zeigt uns den Glauben der Wendländer an die Übertragbarkeit von Charaktereigenschaften. So z.B., wenn der Vater oder die Gevattern am Tauftag im Hause des Täuflings mit besonderer Tüchtigkeit eine vorgeschriebene Hausarbeit verrichten mussten, oder wenn man dem Täufling, um seine künftigen Fähigkeiten in bestimmte Richtungen zu lenken, allerlei Gegenstände, wie Nähnadeln (geschickt in der Hausarbeit),

Gänsefedern (wird ein Schreiberling) oder Kornähren (wird ein Bauer) unter das Taufkissen legte. Ebenso hütete man sich, in der Zeit vor der Taufe etwas zu verborgen, damit das Kind kein Verschwender würde.

Dem Taufwasser schrieb man besondere Wirkkräfte zu. Auf keinen Fall sollten Jungen und Mädchen mit dem gleichen Wasser getauft werden, damit nicht etwa die Mädchen einen Bart bekämen und ein solcher den Jungen vorenthalten würde. Es hieß auch, das Mädchen würde dann dem Jungen nachlaufen.

Das Taufwasser wurde aufgehoben. Es half dem Kind bei Bettnässen und bei Krämpfen.

Wieder aus der Kirche heraus, lüftete die Boamudder das Kissen. Traf ein Sonnenstrahl das Gesicht, bekam das Kind eine schöne Haut und feste Haare.

Auf dem Weg nach Hause wurden an die Kinder »Kindsdöpsnöät« (ein Gebäck) verteilt, im Geburtshaus gab es »Kindsfötki« (ein Zuckergebäck in Form eines Kinderfußes).

Damit das Kind gut wuchs, hängte die Mutter das Taufkleid auf den Boden unter das Dach.

Hochzeit

Zu einer Hochzeit wurden in der Regel zwei Ochsen, zwei Schweine, mehrere Schafe und Kälber, zwanzig bis dreißig Hühner geschlachtet. 200 bis 300 Butterkuchen und Zuckerkringel, Brotgebäck und Päpernöet (Pfeffernüsse) und Kössenkuwwel (Weißbrot) wurden gebacken.

Die Ochsen wurden für den Weg zum Schlachter mit Kränzen geschmückt. Dieses deutet auf einstige Opferbedeutung hin, wie sie auch noch im wendländischen Totenbrauchtum erkennbar sind.

Die Hochzeitsfeier dauerte in der Regel eine Woche.

Niemals wurde bei abnehmendem Mond geheiratet, sonst ging es mit der Wirtschaft rückwärts.

Einen Tag vor der Hochzeit, meist am Donnerstag, wurden im ganzen Haus die Spiegel verhängt, denn wer vor der Hochzeit oder sogar in der Hochzeitstracht in den Spiegel sah, beschwor den Tod herauf.

Das »Antrecken« (Anziehen) der Braut dauerte Stunden, meist begann man schon in der Frühe um fünf Uhr. Wichtig war, dass alles in Ruhe geschah.

Um einen gesunden Kindersegen zu erhalten, wurde der Braut Hanf ums Bein gebunden und Leinsamen in die Schuhe gestreut.

Die Braut drehte in das Halstuch des Bräutigams ein Stöckchen ein, er würde sie niemals schlagen.

Stammte die Braut nicht aus dem gleichen Dorf wie der Bräutigam, wurde sie mit der Mitgift auf den Schappenwagen geladen.

Doch vorher ging der Bräutigam mit seiner Braut noch einmal durch alle Räume ihres Elternhauses.

Die »Toukiekers« (Zuschauer) bekamen ein Getränk gereicht, das nannte sich »Brannwienkoschoal«, es bestand aus Braunbier und Branntwein, Zucker und Kuchen.

Auf dem ersten Wagen saß die Braut. Es folgten im nächsten die Musikanten, dann der des Brautvaters und die Korfmöhn (meist eine

Frau aus der Linie des Bräutigams, die den Kindern aus dem Korb Pfeffernüsse zuwarf) oder Oll Wäsch (alte ledige Frauen). Ihre Aufgabe bestand darin, den Kindern, die Stricke über den Weg spannten, Pfeffernüsse zuzuwerfen.

Eine wilde Reiterschar, juchzend und die Schnapsflasche schwingend, umkreiste den Wagen der Braut. Die »Berieders« (Bereiter), wie diese wilde Horde genannt wurde, bildete den magischen Kreis, der als Abwehrkraft gegen böse Geister gedeutet werden kann, speziell war die Braut gegen den »bösen Blick« geschützt.

An der Gemarkungsgrenze hielt der Wagenzug. Der Bräutigam stieg vom hinteren, der Führer vom vorderen hinunter. Auf die Frage: »Jungfer Brut, wer föhrt di?«, antwortete sie »God un good Lü.« Dem Führer warf sie ein Trinkgeld in den Hut und natürlich durfte ein guter Schluck nicht fehlen.

Kurz vor dem Dorf fochten die »Berieders« ein Wettrennen aus, der Sieger erhielt eine Wurst.

Nach der Ankunft auf dem Hof schafften als erstes die Verwandten das von der Braut mitgebrachte Bettzeug ins Schlafzimmer.

Inzwischen hatten sich alle Gäste eingefunden. Als Hochzeitsgeschenk brachte jede Familie Geflügel, Eier und Butter mit. Mit Sack und Pack waren sie angereist und schlugen ihr Lager in den Scheunen auf, denn es galt ja eine lange Hochzeit zu feiern.

Der Kirchgang und die Trauung waren auch mit allerlei Bräuchen verbunden.

Auf dem Weg zur Kirche fasste sich das Brautpaar an die Hand. Wer seine Hand oben hielt, hatte das Sagen in der Ehe. Auf keinen Fall durfte das Paar sich umdrehen, sonst schaute man auch nach anderen. Sah sich das Brautpaar in der Kirche um, bedeutete es Tod.

Wenn die Frischvermählten aus der Kirche kamen, bildeten die Hochzeitsgäste einen magischen Kreis um beide. Das ließ die bösen Geister draußen, nur das Gute sollte bestehen.

Die Traupatin war meist eine ältere Frau aus der Familie. Sie umkreiste das Paar dreimal und bewarf sie mit Leinsamen, das bedeutet Kindersegen. Sie übergab einen Korb mit Früchten des Feldes, Gemüse und Obst. Es sollte nicht nur Fruchtbarkeit für den Garten und das Feld bedeuten, sondern auch Glück für die Ehe.

Mit Musik wurden Braut und Bräutigam zum Hochzeitshaus begleitet. Sie klopften an die verschlossene Tür und von drinnen wurde gefragt: »Wer da?« »Gott un good Lü«, antwortete das Paar, erst dann wurde die Tür geöffnet.

Der Bräutigam trug die Braut über die Schwelle. Oder aber, sie sprang dem Bräutigam in die Arme. Dabei durfte sie keinen Fuß auf die Erde setzen.

Unter oder auch auf der Schwelle lag eine Axt mit Stroh bedeckt, die Schärfe zeigte nach außen. Jedes Böse wurde dadurch abgewehrt. Auf keinen Fall durfte der Bräutigam auf die Axt treten, denn dann würde sich das Gute zum Bösen wenden.

Auf der Diele wartete schon die Traupatin. Sie hatte in den Händen vier brennende Kerzen. Zunächst drehte sie den Bräutigam dreimal um sich selbst, danach die Braut. Das sollte Dämonen abwehren.

Dann reichte sie den beiden drei Tage altes Brot, dazu Salz. Mit dem eigenen Speichel mussten sie das Brot anfeuchten und ins Salz tupfen und natürlich aufessen. Zum Herunterspülen wurde Braunbier gereicht.

Dann nahm sie dem Paar das Versprechen ab, immer gut zueinander zu sein und bei Problemen zuerst mit ihr zu sprechen.

Schließlich wurden vor dem Hochzeitsmahl alle Tiere des Hofes gefüttert.

Um die Hausgeister zu beruhigen, gingen die Vermählten Hand in Hand, von der Wand abgewandt, in jede Ecke des Hauses. Danach wurden gemeinsam die Spiegel enthüllt und endlich durften sich beide im Spiegel betrachten.

Erst wenn alles so erledigt war, konnte das Hochzeitsmahl eingenommen werden.

Beerdigungsbräuche um 1850

Der Tod ist den Lebenden immer gegenwärtig, so ist es heute und war es auch im 19. Jahrhundert. Sorge und Angst vor dem Tod waren ständige Begleiter.

Wichtig war es für die Menschen vor 1900, auf gewisse Vorboten des Todes zu achten,

Zeichen und Erscheinungen, die man zu deuten und zu verhindern versuchte. Die Vorboten des Todes erschienen im häuslichen oder angrenzenden Bereich. Also auch am Hof oder im Garten. Da gibt es einige Beispiele:

Fiel ein Bild ohne ersichtlichen Grund von der Wand, bedeutete es, jemandes Gegenwart wurde jäh unterbrochen.

Die Uhr blieb plötzlich stehen, das war ein Zeichen, dass die Lebensuhr ablief.

Stellte man eine angezündete Kerze auf den Boden, ging das Lebenslicht zu Ende.

Wenn eine grüne Pflanze, hauptsächlich der Lebensbaum, ein weißes Blatt zeigte, war der Tod nicht mehr weit. Weiß war die ursprüngliche Trauerfarbe.

Wenn ein Hund mit gesenktem Kopf heulte, bedeutete dies, dass der Herr im Hause bald stirbt.

Grub ein Hund ein Loch am Haus, auf dem Hof oder im Haus, so würde jemand sterben.

Auch der Maulwurf stand im Ruf, den Tod anzukündigen. Grub er nahe am Hause, so war bald ein neuer Grabhügel zu sehen sein.

Wenn die Eule des nachts am Haus ihr schauriges »Kumm mit« rief, so wird bald ein Sterbefall anliegen.

Klang nachts ein Hämmern und Sägen durchs Dorf, war der Tod nicht weit, diese Geräusche bedeuteten das Anfertigen eines Sarges.

Klopfte es nachts dreimal an das Fenster, so lag ein naher Verwandter im Sterben.

Wenn man die Vorboten des Todes erkannte, hieß es im Volksmund »in Vorrut« zu sehen.

In fast allen Dörfern gab oder gibt es zum Teil noch Menschen, die den Tod voraussehen können. Sie haben das »Zweite Gesicht«, denn sie sind in der Christnacht um Mitternacht geboren. Auch Sonntagskindern kann das Verrutsehen (Voraussehen) angeboren sein.

Schon bei der Geburt eines Kindes versuchte man die Totengeister zu beruhigen. Die Nachgeburt musste als Opfer gegeben werden. Entweder hinterlegte man sie in einer Schublade und durfte sie niemals mehr berühren, oder man vergrub sie in der Erde.

Manchmal wurde sie auch heimlich hinter den Altar in der Kirche gelegt. So behütete Gott das Kind und es würde niemals im Kindesalter sterben.

War ein Kind in der Familie schon gestorben, gab man dem Zweitgeborenen den Beinamen Erdmann oder Erdine. So konnten die Totengeister beruhigt werden und das Kind würde leben.

Schon zu Lebzeiten war es üblich, schon die »Notbräe« bereitzustellen. Es waren die Eichenbretter, die für die Anfertigung des Sarges gebraucht werden.

In einigen Gebieten des Wendlandes wurde der Sarg im voraus gefertigt. Er diente dann bis zum Eintreten des Todes für Getreide o.ä.

Ältere Menschen legten schon ihr »Todentüch« zurecht, meist in die unterste Schublade in einem Schrank oder einer Kommode. Vielfach war es ein Sonntagsanzug oder ein gutes Kleid, das die Hinterbliebenen dem Toten anziehen sollten. Wurde dieser Wunsch nicht erfüllt, konnte es passieren, dass der Tote keine Ruhe fand und als Wiedergänger umherging.

Erst dann, wenn das »Todentüch« im Grabe beigesetzt wurde, fand die Seele Ruhe.

Lebte ein alter Mensch auf dem Hof und musste damit gerechnet werden, dass er bald starb, also wurde ein Schwein stehengelassen, um dann die Beerdigungsgesellschaft auch gebührend bewirten zu können.

Wenn der Tod eingetreten war, wurden zuerst alle Spiegel im Haus verhängt, dann die Uhren angehalten, alle Hausbewohner wurden geweckt und der Todesfall wurde allen Tieren des Hofes mitgeteilt.

Wenn der Hausherr verstorben war, wurde die Saat berührt.

Hatte man das erledigt, musste die Leichenwäscherin geholt werden. Bei der Leichenwaschung war sie allein. Das »Todentüch« lag schon bereit. Der oder die Tote wurde in den Sarg gelegt. Auf der großen Diele wurden Böcke aufgestellt, auf denen der Tote im Sarg aufgebahrt wurde.

Kerzen wurden angezündet, das Licht vertrieb die Dämonen. Behälter mit Wasser wurden aufgestellt, Wasser wehrt den Spuk ab und eine Schüssel mit Hafergrütze sollte dem Toten Speise geben. Doch eigentlich sollte es nur die Mäuse abwehren, sich an der Leiche zu laben.

Die Familie hielt am offenen Sarg die Totenwache. Die Dorfbewohner verabschiedeten sich am Sarg von dem Toten.

Wenn jemand an einer Krankheit litt, berührte man mit einem Tuch die kranke Stelle und gab dieses Tuch dann mit in den Sarg. So würde die Krankheit vergehen, wie der Tote vergeht.

Es konnte natürlich geschehen, dass die Leichenwäscherin ungewöhnliches am Toten entdeckte. Die Haut des Toten war nicht bleich, sondern rosig und die Lippen rot.

Am Tag der Beerdigung wurde der Sarg von den Böcken gehoben. Wichtig war dabei, dass dann die Böcke umgestoßen wurden, sonst starb noch jemand aus der Familie.

Die Schwelle der großen Diele wurde angehoben, der Sarg schnell unter durch getragen und die Schwelle wieder fest herunter gelassen. Danach mussten die Schwelle und das große Tor mit Wasser besprengt werden, damit die Seele nicht zurückkehren konnte. Wasser war abwehrend, die Seele verlor die Orientierung. So eine Beerdigung habe ich noch erlebt.

Genauso musste der Beerdigungszug immer ein Wasser überqueren, sei es ein Bach oder ein Fluss, damit die Seele den Weg nicht mehr zurückfinden konnte. Es gibt eine Aufzeichnung vom Meuchefitzer Totenweg.

Auf dem Weg zum Friedhof wurde genau beobachtet, wo der Zug anhielt, dort war der nächste Tote.

Fiel ein Kranz vom Wagen, starb noch jemand aus der Gemeinde.

Wer zuerst den Spaten ergriff, der würde der nächste sein. Da der Pastor davor gefeit war, nahm und nimmt er auch noch heute, stets als erster den Spaten. In wessen Richtung die zuletzt geworfene Schaufel Erde zeigte, der war der nächste.

Nach der Beerdigung auf dem Friedhof gab es, wie auch meist heute noch, den Leichenschmaus. War das Essen beendet, wurde gespielt und getanzt. Zuerst tanzte man Toten- oder

Weihetänze, doch im Laufe des Tages wurden die Tänze lustiger und oft feierte man den Leichenschmaus bis früh in den Morgen hinein. Anekdoten wurden erzählt, es wurde gelacht und getrunken.

Ein Spiel, ein makabres Spiel, wurde von den jungen Leuten im Anbruch der Dämmerung gespielt. Es hieß »Vivat in Düstern«.

Dazu mussten auf der großen Diele Gegenstände mit symbolischer Bedeutung versteckt werden.

Fand einer der Spieler oder Spielerinnen eine Puppe, so bedeutete das ein uneheliches Kind, der Myrthenkranz – eine Hochzeit, die Gänsefeder – alles gelang, was geschrieben steht, eine Tierfigur – gut zu Tieren, ein Säckchen mit Geld – Reichtum und ein Erdhügel brachte den Tod.

Als ich etwa sieben Jahre alt war, habe ich einmal dieses Spiel mitgespielt und hatte große Furcht, in den Erdhügel zu greifen. Einer der jungen Männer hatte den Erdhügel gefunden. Kurz danach starb er bei einem Unfall.

Eine Cousine von mir fand den Myrthenkranz und heiratete in dem Jahr. Was ich gefunden habe, ich glaube es war eine Feder oder eine Tierfigur. Ich weiß es gar nicht mehr so genau, ich weiß nur, dass es zum Glück nicht der Erdhügel war.

Quellen

Hahlbohm, Harry: Ut Spinnerklump

Hennings, Karl: Sagen und Erzählungen aus dem Hannoverschen Wendlandes

Schwebe, Joachim: Volksbrauch und Volksglaube des Hannoverschen Wendlandes

Stiwich, Undine: Das Jammerholz, Butz, Löft und Paggeleitz mit freundlicher Genehmigung des Köhring-Verlags, Lüchow

In dieser Reihe sind erschienen:

Cornelia Kenklies
Sagen und Geschichten aus dem Alten Land

128 S., 14,90 Euro
ISBN 978-3-95494-261-9

»Das Alte Land ist reich an Märchen, Anekdoten und Sagen, die zumeist auf Plattdeutsch überliefert sind. Zum Glück haben literarisch begabte Altländer der frühzeitig zur Feder gegriffen und uns einen tiefen Einblick in Sitten, Gebräuche und Mentalität hinterlassen.

Aus dieser reichen Quelle durfte ich schöpfen, sammeln, zusammentragen und übersetzen. Wir alle stehen auf den Schultern unserer Ahnen. Ihnen gebührt der Dank. Ohne ihren Fleiß und ihre Heimatliebe hätte dieses Büchlein nicht erscheinen können.«

Cornelia Kenklies

Cornelia Kenklies
Sagen und Geschichten aus Hamburg

128 S., 14,90 Euro
ISBN 978-3-95494-288-6

Um die Hansestadt Hamburg ranken sich zahllose Geschichten, Sagen und Mythen. Eine Vielfalt landschaftlicher Eigentümlichkeiten regte die Fantasie der Altvorderen an. Die Elbe mit ihrem Gewirr von Wasserläufen, Inseln und undurchdringlichen Auenwäldern konnte nur das Werk von Riesen oder Elbgeistern sein. Auch die frühe Geschichte und der Kampf gegen Piraten barg Stoff für sagenhafte Erzählungen. Dass die mündlichen Überlieferungen nicht in Vergessenheit gerieten, ist all jenen zu verdanken, die diesen reichen Sagenschatz zeitig sammelten und niederschrieben. Davon profitiert auch das vorliegende Werk.

Heike Bloom
Karin Sohnemann
Sagen und Geschichten aus der Lüneburger Heide

128 S., 14,90 Euro
ISBN 978-3-95494-254-

Die Autorinnen haben aus allen Teilen der Lüneburge Heide Sagen und Geschichten gesammelt, die in diesem Buch neu erzähl werden.

»Ein kurzweiliges Buch mit Kurzgeschichten, wie man sie heute auch wiede für Besonderheiten in der Heide neu entdeckt hat. Geschichten, die die Fanta sie der Leser beflügelt.«

Mathias Zimmermann
(Geschäftsführer Verein NaturschutzPark)